6-1

くらしの形見

6-2

くらしの形見

6-3

くらしの形見

6-4

くらしの形見

6-5

くらしの形見

6-6

くらしの形見

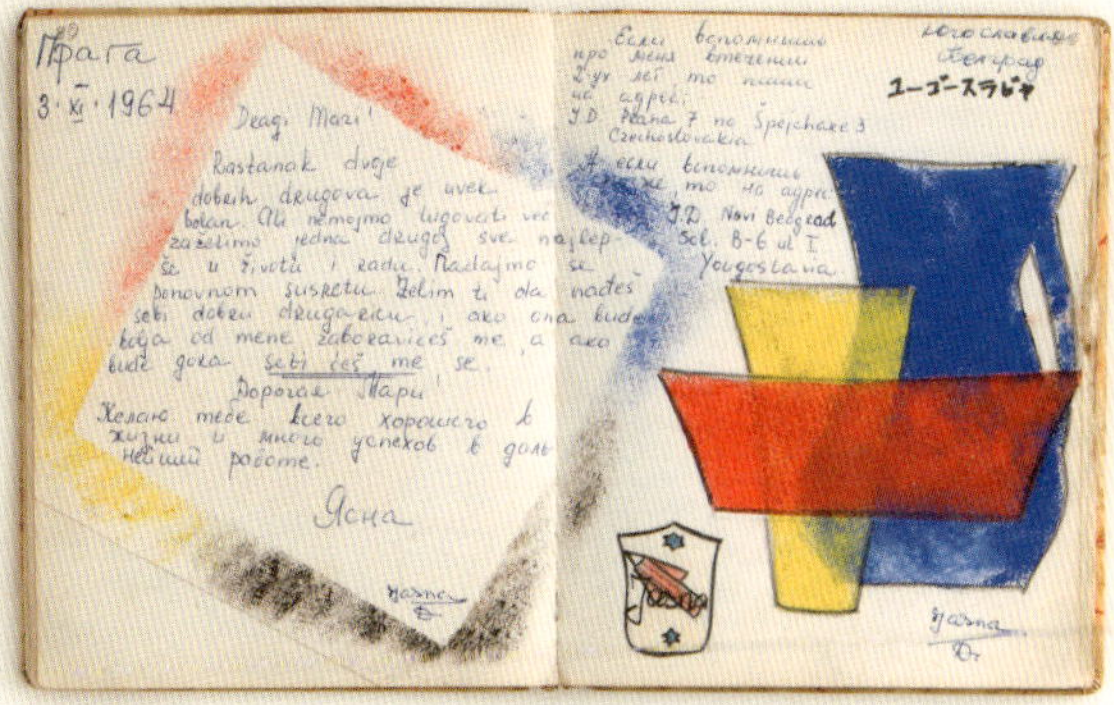
Прага
3·XII·1964
Dear Mari!
Ясна
ユーゴースラビヤ
Czechoslovakia
Novi Beograd
Yougoslavia

6-7

くらしの形見

6-8

くらしの形見

米原万里

MUJI BOOKS

くらしの形見 | #6 米原万里

米原万里がたいせつにした物には、
こんな逸話がありました。

6-1 | **熟語集と辞典**
熟語集、名句辞典、ことわざ辞典などを何冊も使い分け、
書き込んだり付箋を貼って使い込むのがヨネハラ流でした。

6-2 | **ゴールドのブラウス**
ロシア語通訳として日露を股にかけて活躍した80〜90年代、
身に纏って幾度もダンスフロアを沸かせた黄金のブラウス。

6-3 | **大きなイヤリング**
緊迫する仕事現場でも、プライベートな場でも、
大ぶりのイヤリングとネックレスが、米原万里の代名詞でした。

6-4 | **楽茶碗**
祖母の形見の黒い楽茶碗。四十路を過ぎてからお茶を点てはじめ、
お茶うけには黄身餡を好み、清月堂の「おとし文」が好物でした。

6-5 | **ハルヴァ**
プラハ時代、ほんのひと匙でその味の虜になった中近東のお菓子。
もう一度食べたくて東奔西走した逸話は『旅行者の朝食』に詳しい。

6-6 | **ちいさいおうち**
小さい頃に、肌身離さず持ち歩いて、ボロボロにした絵本。
大人になってもう一度買い求めるほど大切にした一冊でした。

6-7 | **プラハ時代の思い出帖**
帰国するとき、友人たちが寄せ書きしてくれたアルバム。
この両頁は親友でユーゴスラビア人のヤスミンカの絵とことば。

6-8 | **民族衣装の人形**
遺品の中にあったエキゾチックな人形。その出で立ちは、
濃いアイメイクと肩パットを好んだ本人によく似ています。

撮影 | 永禮 賢

目次

MARI 0

図版番号は、一五四ページの「逆引き図像解説」をご参照ください。

米原万里の言葉

同時通訳をした後、
「いやあ、今の通訳はお見事でしたなあ」
などとお世辞を言われることがあるが、
複雑な気持ちになる。
褒められたにせよ、
ああ、目立ってしまったということは、
まだ、空気にはほど遠いということではないか。

「存在感と名人芸」二〇〇〇年

MARI
1

MARI
2

重量挙げの選手がバーベルを持ち上げる瞬間、
脈拍が一四〇になるんです。
普通六〇~七〇ですよね、一分間の脈拍。
同時通訳の最中には一六〇になるんですよ。
そのぐらい集中するわけです。
だから長時間はできない。

「対談 許せる通訳? 許せないワタシ?」二〇〇一年

イタリアの女はあの甘い言葉に
引っかからないように免疫ができている。
「結婚してくれなければ僕は自殺する」
とか言われても、
言語中枢に至るときには
「やあ、こんにちは」ぐらいに、
自動翻訳されているんですよ。

「対談 許せる通訳？ 許せないワタシ？〔ウェブ版〕」 二〇〇一年

日本語に「ラブホテル」というのがありますね。
日本語はそのままラブホテルと
カタカナ語で言ってしまうでしょう?
だけど、香港に行くと、ちゃんとこれが
中国語になっているんです。
「情人旅館」となっています(笑)。
ラブが厳密に訳されています。
つまり中国語は、ちゃんと意味を訳さないと、
外国の概念が入り込めないようになっているわけです。

「国際化とグローバリゼーションのあいだ」二〇〇四年

Мы снова и снова возвращались к этому вопросу, но договориться так и не удалось. Рейган не захотел (а может быть, не мог) поступиться программой СОИ. На этом встреча в Рейкьявике закончилась.

В тот момент моим первым желанием было выйти к журналистам и раскритиковать американскую позицию в пух и прах.

Но вдруг пришло понимание того, что произошло в Рейкьявике. При всем драматизме Рейкьявик - это не поражение, это прорыв. Тем самым был спасен процесс изменения ситуации к лучшему, к ликвидации "холодной войны", открылась перспектива - за Рейкьявиком последовали новые усилия.

Однако инерция сопротивления новым подходам была еще очень сильной, в том числе со стороны некоторых западноевропейских правительств. В том, что произошло в Рейкьявике, - кое-кому померещилась угроза безопасности Западной Европы.

В тот период я встречался со многими западноевропейскими деятелями и старался их переубедить, некоторых - небезуспешно.

Но решающую роль, конечно, в изменении международного климата (а значит и в процессе обуздания гонки вооружений) опять же сыграло то, что происходило у нас внутри в ходе перестройки. По мере демократизации общественной жизни, по мере расширения гласности и открытости, возникало доверие и к нашей внешней политике.

Подтверждение тому - успех книги "Перестройка и новое мышление для нашей страны и для всего мира". Люди начали убеждаться в том, что мы взялись за превращение нашего общества в цивилизованное всерьез и искренне, что мы - через свободу слова, через гласность - открываемся миру - со всеми своими недостатками, язвами, ошибками прошлого.

英語を知ったからといって、
それぞれの文化に
アクセスできるわけではないのです。

「国際化とグローバリゼーションのあいだ」二〇〇四年

MARI
4

歴史の行間で
見過ごされちゃうものを
よみがえらせて
生きた人間として描きたい。
その人たちの日常をつぶさに知ると、
他人ごとではなくなってくる。

「小説という手段」　二〇〇三年

美しく正しい言葉と
言葉遣いだけでは
到底まにあわない。

「美しい言葉」一九九八年

本は一番軽く持ち出せる日本なんですよ。
で、持ち込める外国。

「対談 本の数だけ違った人生がある」二〇〇四年

わたしが感服するのは、
学問と芸術の女神たちが
記憶の女神の血を引いているという、
古代ギリシャ人の洞察力に対してである。
人間の創造的精神活動は、
蓄積された豊かな記憶という名の
土壌に花開くという真実を
発見してくれている。

「九人のムーサ」　二〇〇〇年

MARI
5

ロシア人がよく言うように、
「隣人は引っ越すけれど、
隣国は引っ越さない。
お互い隣国は選べない」のである。

「親戚か友人か隣人か」二〇〇〇年

ロシア文学史上、
ツルゲーネフを凌《しの》ぐ美男作家といえば、
チェーホフだろう。
青年時代の写真は、
ドキッとするほどセクシーだ。

「モテる作家は短い！」一九九九年

MARI
6

父親が無条件に自分を愛してくれている、と感じながら
幼年期を過ごせたのは幸せでした。
世界中が敵になっても父親だけは
自分に味方してくれるという絶対的な確信があるからこそ、
勇気を持って世の中に踏み出していける。

「対談 脳はウソをつくようにできている」 二〇〇一年

たった一口だけ。
それだけでわたしはハルヴァに魅了された。
ああ、ハルヴァが食べたい。
心ゆくまでハルヴァを食べたい。
それに、妹や母や父に食べさせたいと思った。
ハルヴァの美味しさを
どんなに言葉を尽くして説明しても
分かってもらえないのだ。

「トルコ蜜飴の版図」一九九九年

まるまる一週間、
頭のなかはおむすびのことで一杯だった。
梅干しの入ったおむすびが食べたい。
鮭でもいい。おかかでもいい。
香ばしい海苔《のり》で包んであったら言うことない。
おむすびが食べられるのなら、どんなことでもする。
耐えられなくなって、プラハの母に葉書を出した。

「『おむすびコロリン』の災難」二〇〇一年

MARI
8

生まれてこの方、
わたし自身が設計&監督して
完成までこぎ着けた家は一万件以上、
いや、二万件近くになるはずだ。
あくまでも自己流の図面と想像の上での話ではあるが。

「家造りという名の冒険」 二〇〇三年

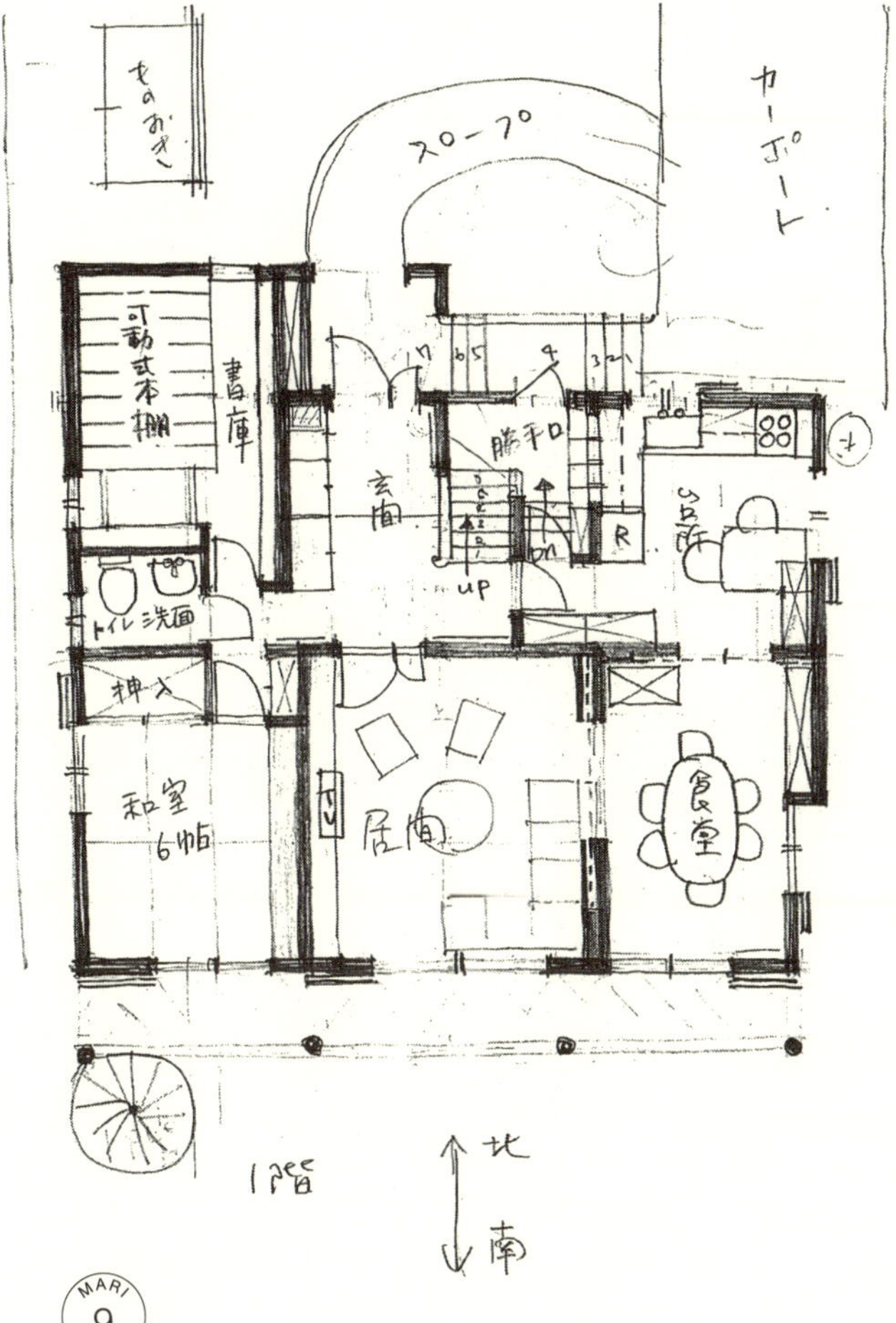
ものおき
カーポート
スロープ
可動式本棚
書庫
玄関
勝手口
台所
R
up
dn
トイレ 洗面
押入
和室
6帖
TV
居間
食堂
1階
北
南

登るときは希望があって、
降りるときには……勇気がいる。
まっすぐで平坦な道は退屈だ。
わたしは起伏にとんだ道が好き。

「一字一会」（『週刊金曜日』編集部編著）より　二〇〇六年

MARI
10

MARI
11

ちいさいおうち

もとはクマだったのか、ウサギだったのか、ゾウだったのか、色も形も原型を留《とど》めていない。シミだらけでところどころ綿がはみ出している。そんなボロボロヨレヨレになった縫いぐるみを後生大事にかかえている子どもを時々見かける。

「不潔でしょう。新しいのを買い与えても見向きもしないのよ。一度、取り上げたら、泣きわめいて大変だったの。それからは、取り上げられるのが心配になったらしくて片時も手放そうとしないの。いつも抱きかかえているのよ」

などと脇から母親が恥ずかしそうに言い訳したりする。

わたしの場合は、それが縫いぐるみではなく、『ちいさいおうち』（バージニア・リー・バートン著、岩波書店）という名の絵本だった。寝るときは枕元に置き、友人たちには片っ端から読んで聴かせ、家を訪ねてくる大人たちには音読させて、自分と同じように感動して欲しかった。とにかく肌身離さず持ち歩いたものだから、たちまちボロボロになった。

その代わり、今も目をつぶると、美しい田園風景のなかに可愛らしいちいさいおうちが立ち現れる。

四季の移ろいとともに、ちいさいおうちの佇《たたず》まいも変わっていく。春は若草色の大地に花が咲き、鳥がさえずり、あちこちで畑の鍬入《くわい》れが始まる。夏には緑が濃くなり、子どもたちは川で水浴びに興じる。秋には、葉が色づいてきて、畑では刈り入れの真っ最中。冬には、おうちも周囲も真っ白な雪に覆われて、子どもたちはスキーや橇《そり》に乗って遊ぶ。

年が一巡りすると、また同じことの繰り返しだ。決して贅沢《ぜいたく》ではない、つましい暮らし。でも、ちいさいおうちも、そこに住む人々も、そのことに満足していてとても幸せそうだ（幸せとは、こういうものなのだと教えてくれた気がする）。

ところが、いつのまにかおうちの前を新しい道路が通り、車の往来が激しくなってくる。おうちの周りの畑も潰され、樹木も伐採され、草花は踏み潰され

MARI
12

て次々にビルが建て込んでくる。

ちいさいおうちの住人たちもどこかへ引っ越してしまった。

取り残されたおうちの壁面は絶え間ない振動のためにひびが走り、煤煙《ばいえん》で汚れていく。ビルの谷間で今にも押しつぶされそうなおうちは、排気ガスにまみれて息も絶え絶えである。

こんな汚らしい家は早く取り壊さなくては、と都市計画の担当者らしい人が計画実施に踏み切ろうとした矢先、ちいさいおうちの前を昔この家で育った女の人が通りかかる。懐かしいかつてのわが家の変わり果てた姿に心傷めた女の人は、おうちを郊外へ移築しようと決心する。

昔とよく似た風景のなかにおさまったおうちとともに、わたしも胸をなで下ろしながら本を閉じる。


今も都会の街路を歩いていると、今にも潰されそうなちいさいおうちたちの悲鳴が聞こえてくる。さらに、その背後からは、絵本のおうちのように救われずに取り壊されてしまった無数のおうちたちのうめき声が迫ってくる。

わたしの育った家を取り巻く環境も、ちいさいおうちの周囲に似た運命を辿《たど》りつつある。田畑は跡形もなく消え失《う》せ、庭のあったお宅が売却されると、家も庭も情け容赦なく取り壊され、建ぺい率と容積率をギリギリ目一杯使って新しい家が築かれる。空いた地面は駐車場にされ、土も緑もどんどん姿を消していく。

郊外に住む妹を訪ねて、吸い込む空気の清らかさに愕然《がくぜん》とした。行く度に自分の家の周囲の空気がいかに汚いかを思い知らされる。郊外へ脱出する決心をするのに時間はかからなかった。

だが自分が育った家は、売り払ってしまえばたちまちスクラップにされ、庭も潰されてしまうのは目に見えている。傍《はた》から見れば小汚い家でも思い出が詰まっている。絵本のおうちのように移築できればいいが、不可能だ。経済的には苦しいのに、売却に踏み切れないのは、ちいさいおうちの物語が心にあるからだと思う。

「読売新聞」二〇〇〇年十一月

MARI
13

シベリアの鮨

「いやあ、あれほど残酷な番組はありませんよ、米原さん」

Iさんは、テレビ制作会社のディレクターで、僻地を専門とする猛者《もさ》だ。ヒマラヤとか、南極とか、アンデス山脈の奥地とか、サウジアラビアの砂漠とか、そんなところばかり取材している。だから、短波ラジオ受信機は必需品なのだそうな。日本の放送局が海外向けに発信する日本語放送が聴けるというのだ。

「あっ、あの番組でしょう。僕も、ラジオの前でさんざん悶えましたよ」

新聞記者としてアフリカのケニアに長期赴任していたHさんも賛同する。

やり玉にあがっているのは、毎週土曜日、NHKが海外向けに発信する「ウィークエンド倶楽部」という番組の中の「玉村豊男の食歳時記」というコーナー。エッセイストで農業もやっておられる玉村豊男氏が、毎回、日本人が懐かしく思う旬の食べ物を一品取りあげて、料理法や食べ方について語るのだ。

「いいですか、今では昔と違って、アジア、アメリカやヨーロッパ、あるいはオーストラリアなどの、いわゆる『文明圏』に滞在する限り、日本から発信されるテレビ番組や、新聞雑誌などに触れる機会も結構あるんです。それに、たいていの国の首都には、日本食レストランや日本の食材を販売する店などがあります。そういうところにいる日本人は、短波放送なんかに耳を傾けません。短波放送を楽しみにしているのは、そういうものに一切手が届かないところに滞在している日本人ですよ。みそ汁も白いご飯も食べられない現状に何とか歯を食いしばって耐えているところへ、とれたてのタケノコの食べ方について聞かされる身にもなって下さいよ」

「聴かなければいいじゃない」

「聴かずにはいられないのよ!!」

この絶大なる効果は、玉村氏の話術もさることながら、テレビではなく、ラジオというメディアの特性に因《よ》るところが大きい。映像は、想像力にタガをはめてしまうが、耳から聞こえてくる言葉だけだと、人は自由にイメージを膨らませることができる。今まで食べたうちでもっとも美味だったタケノコ料理を思い浮かべることだってできるのだ。

わたしだって、さて生まれてこの方一番美味しかった食べ物はと考えたときに、真っ先に目の前にちらつくのは、極寒のシベリアで食べたつもりになったお鮨なのだ。

十五年前、テレビ取材に同行して平均気温マイナス五〇度の世界でまるまる一ヵ月過ごしたことがある。和食どころか、米も麺類も皆無。野菜だって、ジャガイモと人参と玉葱、それに酢漬けのキャベツ止まり。何でもいい、ご飯が食べたい。お焦げでもいい。冷や飯でもいい。と取材陣一同身もだえしているうちに、ボーッと脳味噌も霞んできた。

「ああ、鮨食いてえな」

「そうだ、お鮨屋さんごっこしよう」

と提案したのは、わたし。

「エッ」

と呆れ顔のみなに追い打ちをかける。

「だんな、何にぎりやしょうか」

「うん、じゃあ、赤身を頼む」

「白身は何があるの？」

「今日は、カレイがうまいっすよ」

「じゃ僕、それ。縁側のところね」

「あっ、オレは赤貝」

「はい、お待ちどおさん」

「はーっ、美味《うま》いね、こりゃ」

「そりゃあ、飛び切りのネタ使ってますんで」

「うーん、じゃ、ここは、シベリアだし、次はトロ&イカにぎってね」

という展開になって、結構楽しんだ。その後モスクワ、ペテルブルグを経て
二カ月後に東京に戻ってきた取材陣は、翌日、鮨屋に直行。一通りつまんで異

口同音に叫んだのだった。
「やはり、シベリアの鮨にはかなわない！」

「Flower Design」（マミアートメディア）一九九九年九月

30 napi
DAYS
HOURS OF STAY
ÉRVÉNYES
Valid until
3 JAN 1987
DIJ
FEE
5000
N 0075357
— 13 —
査証
VISAS
DDR
Deutsche Demokratische Republik
Visum Nr. 68/2462
zur Einreise
und Ausreise (ein - mehr - malig)
vom 29. Dezember 1988
bis 01. Jänner 1989
nach
über die zugelassenen Grenzübergangsstellen
23. 12. 88
M 15,-
日本国
旅券
JAPAN
PASSPORT
TOKYO
MARI YONEHARA
SIGNATURE OF BEARER
— 21 —
査証
VISAS
BUDAPEST
974-780-560-1
ÉRVÉNYES
A MAGYAR NÉPKÖZTÁRSASÁGBA
napi tartózkodásra jogosít
1. JAN 1987
PHOTOGRAPH
Ambasadora
WARSZAWA

MARI
14

ドラキュラの好物

処女を襲っては、その生き血を吸うというドラキュラの物語は、日本で聞く限り、あくまでも絵空事の恐ろしさだったのが、九歳から十四歳までを両親の赴任先だったチェコスロバキア（当時）のプラハで生活してからというもの、恐ろしさにリアリティが備わった。

ある日、母親に言いつかって、近所の肉屋にサラミ・ソーセージを買いに行ったわたしは、店の手前で、おぞましい光景に出くわし、しばらく一歩も前へ踏み出せなくなってしまった。肉屋の入り口の幅一メートルほどの扉が、大きく開け放たれていた。扉が閉じないよう敷居のところに、入り口をふさぐ形で、巨大な鹿の屍《しかばね》が横たえられている。十二月中旬の寒気のなかで、吐く息と違わぬ白い湯気を立てるほどに屍は、まだ生暖かい。黒い濡れているような目を大きく見開いたまま、ひたいのあたりから血を滴《したた》らせている。

その死骸を次々にまたいで、人々は肉屋に出入りする。長蛇の行列が出来ていて、列に並ぶ人々は、いつになく嬉々として浮き足立った様子で両手にバケツをぶら下げている。たまたま店の前を通りかかった人々も、行列に気付くと、

「エッ、キャーッ、ウワーッ」

とかいう奇声を発して駆け足で自宅へ向かい、バケツを抱えて引き返して来て列の最後尾に並ぶ。店からは、次々と重そうなバケツを持った人々が、中身をこぼさないようゆっくりと出てくる。行列に並ぶ人々は、その度に一斉にバケツの中身に視線を注ぐ。ゴクッと生唾を飲み込む人もいる。バケツもまた吐く息と違わぬ白い湯気を立てている。中をのぞくと、鮮やかにして濃い赤い液体が波打っている。

どうあがいたところで、赤い液体は血であるに違いないと思った途端に震えが止まらなくなった。怖い。一刻も早くここから逃げ出さなくては。ところが、足がヘナヘナして思うように動いてくれない……ようやく自宅にたどり着いたわたしは、母に今目撃した一部始終を報告し、もう金輪際肉は食べないと悲鳴

を上げた。すると母は、

「ついこの間まで欧州の人たちは、野山の獣を追って暮らしてたのよ。生の獣を見るとかつての狩猟者の記憶がよみがえって、生唾が出るほど生肉が食べたくてたまらなくなるそうよ。だから、客寄せに、しとめたばかりの獣を肉屋の店頭に横たえるのですって」

　そんなこと言われても、ショックが和らぐはずはないのだが、母はさらに続けた。

　月に二、三度と畜場から家畜の鮮血が店に届けられる仕組みになっていて、人々はそれは楽しみにしている。軽く煮てゼリー状に固まったものをスプーンですくって食べるということだった。

　そういえば、ドラキュラは、トランシルバニア地方（現在のルーマニアとハンガリーの国境地帯）の実在した伯爵で、他の貴族たちが次々にオスマントルコの軍門に降る中、果敢に抵抗し、最後まで屈服しなかった英雄である。籠城中兵糧攻めにあい、やむなく死者の血を吸い、肉を喰らって命を長らえたことから、吸血鬼伝説が生まれたらしい。

一九七二年、南米のアンデス山中に不時着した飛行機の乗客が死亡した他の乗客の肉を喰らうという事件があったが、何も食べるものがなくなった極限状態で、人肉までとはいわずとも、食べたことのない動物を口に出来るかどうかは、個人的素養というよりも、生まれ育った文化に左右される度合いが強い。モロヘイヤであれ、チコリであれ、たとえ初めてでも、植物であれば、さほど躊躇《ためら》わずに口に入れることが出来る。ところが、動物となると、相当な覚悟と勇気がいるものだ。

わたしも、生まれて初めて蛙や蛇や熊の左手やヘラ鹿の鼻を食卓に供されたときは、己の先入観克服に全精力を使い果たしたため、どんな味だったかは覚えてさえいない。

人の血を吸うという飛躍は、常日頃、獣の血を吸うという食習慣の下地があったからこそなのだと、その瞬間、思った。戦後、連合軍占領下の日本で怪死した国鉄総裁の死体は、身体中の血液を抜かれた状態で発見されたらしいという話までなぜか思い出してしまった。

「嫌だ、嫌だ！　こんな人たちの中で暮らすなんて出来ないよう」

と絶望的に呻《うめ》くわたしに母が呟いた。

「あーら、あなたの大好物のサラミ・ソーセージだって、ほとんど血の塊じゃないの」

無知ゆえの幸せがあるという人生の真実を生まれて初めて噛《か》みしめたのは、そのときだったような気がする。

その日以来、わたしは、サラミ・ソーセージを口に出来なくなってしまった。なんてことは全くなくて、今も大好物である。ドラキュラになる素養十分というわけだ。


「東海総研MANAGEMENT」二〇〇〇年十月

美味という名の偏見

ローマの中国人

私事にわたって恐縮だが、愚妹はイタリアで三年間あまり料理修業をしていたことがある。ある日愚妹がローマからベニスへ向かう飛行機の中で人民服(例の毛沢東ルック)の一行と一緒になった。ちょうどローマで世界食糧計画の会合が開かれた直後のことで、どうやらそれに参加した中国代表団の面々のようだ。

しばらくヨーロッパに住んでいると、やはり西洋人とは異なる東洋人固有の姿形、立ち居振る舞いが懐《なつ》かしく嬉《うれ》しい。空港で一行に出くわしたときから、つい失礼とは知りつつ視線が向いてしまう。中国人のほうも同じ東洋の血が流れているらしい妙齢の女性が気になるらしく、チラッチラッとこちらを垣間見《かいまみ》ている。

機中で、そのうちの一人と席が隣同士になり、すぐさま英語、イタリア語で話しかけてみたものの、通じない。当然の成り行きとして、筆談となった。漢字は東アジア圏の国際語なのだ。

まずは、

「どこから来た」

という話になり、妹は「日本、東京」と記し、相手は「四川省」と書いた。ほとんど反射的に妹は、

「おお！　マーボードーフ！」

と叫びながら、「麻婆豆腐」と漢字で記した。とたんに実直そうな四川省のおじさんは顔をクチャクチャにして体を揺らし、喜びの雄叫《おたけ》びをあげた。

「おお！マーボードーフ！マーボードーフ！」

妹も、こんなに喜んでもらえるとは予想だにせず、何か他に四川料理の名前を思い出そうと必死になったが浮かんでこない。仕方がないから、一緒に、

「おお！　マーボードーフ！　マーボードーフ！」

とうなずき続けたのだった。

そのうち、おじさんは何を思ったのか突然立ち上がると、機内の後方に走るように赴いていった。トイレかなと思っていると、はるか最後部の座席のほうで声がする。

「マーボードーフ！　マーボードーフ！」

どうやら、おじさんは同郷の四川人のところにわざわざ、

「自分の隣席の日本娘が、なんとわれわれの郷土料理の麻婆豆腐を知っていたのだよ」

とでも報告に行ったらしい。しばらくすると、二人連れだって妹の席までやってくると、顔面一杯に笑みを湛《たた》え、右手を差し出しながら、

「おお！　マーボードーフ！　マーボードーフ！」

と挨拶《あいさつ》した。妹のほうも、もちろん、その手を握り返しながら、

「おお！　マーボードーフ！　マーボードーフ！」

と応じた。ローマからベニスまでのタップリ一時間、麻婆豆腐で持ってしまったのである。

ナショナリズムとか愛国心とか名づけられる意識の傾向の原初にあるものは、人間誰しもが持っている自分自身の生まれ育った場所、環境に対する愛着である。幼い頃から慣れ親しんできた食べ物は、その人をその人自身たらしめている要素のひとつ、その人の自我の一部ともなるものなのではないだろうか。だから、よそ者から、その食い物を褒めちぎられると、まるで自分の母親を誉《ほ》められたかのように誇らしく嬉しく、けなされるとひどく傷つく。

砂漠の中国人

ＮＨＫの歴史的名番組「シルクロード」シリーズの中に、忘れられない場面がある。

一〇年以上前のことなので、記憶は定かでないが、伝説的な幻の湖を求めて撮影隊が砂漠の中を進んでいく。案内役は中国人民軍の兵士たち。砂嵐《すなあらし》で前方が霞《かす》んで見えない中を、何日も何週間も進んでいく。その人民軍の兵士たちも、撮影隊も、らくだも、荷物も、砂におおわれて真っ白である。目の中、鼻の中、口の中、耳の中、衣服の中、あらゆる隙間《すきま》に入り込んでくる砂、砂、砂……食い物も乾いた非常食ばかりになって、何週間たったろうか。

あるとき、一行の前を鹿《しか》が一頭走り抜けた。すかさず、人民軍の兵士が矢を放ち、見事射止める。

たちまち兵士たちは、まな板を取り出し、包丁を研ぎ、火を起こし、鍋《なべ》に湯を沸かしと、テキパキと動き出した。

砂漠のど真ん中、男ばかりの集団。こんな時、ふつう考えられる料理は、丸焼きか鍋ぐらいではないだろうか。

ところが、兵士たちは、小麦粉を水でといてこね始め、トントントントンと包丁の規則的な音を響かせて、鹿肉をたたき出したのである。瞬《また》く間に、こねた小麦粉から円形の皮を作り出し、たたいた肉を詰めていく。

そう、わが目を疑ったものだが、彼らが湯が沸き立つ鍋に次々と放り込んでいったのは、餃子《ぎょうざ》なのである。

ああ、中国四〇〇〇年の歴史。この場面を見たときほど、料理とは、生活習慣体系の一脈を成すという意味での文化なのだなあ、ある民族がまさにその民族であることの証《あかし》のようなものなのだなあと、心が揺さぶられる思いをしたものだった。

地球上には、実にいろいろな民族が棲息《せいそく》しているけれど、こんな時こんな状況下で、餃子のような手の込んだ料理をつくる民族が、中国人以外に考えられるだろうか。

そして、子どもの頃、近所に戦後満州から引き上げた人たちがまとまって暮らしている長屋があったのを思い出した。お正月が近付いてくると、そこの女たちは、今日はAさんの家、明日はBさんの家、明後日はCさんの家と、順繰りに集まって、大量の餃子をこしらえていくのだった。できあがるとビニール袋に詰めて冷凍庫に入れておく。お正月は、客が来ると、凍った餃子を沸騰《ふっとう》した湯の中に放り込むだけでよいから、主婦は台所仕事から解放される。この餃子が本当に美味《おい》しいものだから、わたしは何かと理由を作っては、お正月にその長屋をたずねたのだった。

おそらく、生まれも育ちも中国東北地区の人間が、故郷から遠く離れた土地で正月を迎え、おふくろや家族を想《おも》うとき、真っ先に心に浮かべる食べ物は、餃子だろう。

北京《ペキン》―モスクワ国際列車の旅

餃子といえば、「北京―モスクワ九〇〇〇キロ、餃子のルーツを探る」というテレビ番組の取材に、通訳として同行した件については、前に触れた。

一九八三年夏、TBSテレビが企画した旅番組で、一か月かけて北京→瀋陽《シェンヤン》→長春《チャンチュン》→ハルビン→満州里《マンチューリ》→ザバイカルスク→イルクーツク→ノボシビルスク→ヤロスラーブリ→モスクワというルートで途中下車しながら鉄路を進み、いく先々の料理を楽しむ、そして必ず餃子を食べるという主旨だった。

朝、昼、晩と出される料理の毎回美味で多彩なのに圧倒されながら、

「星は輝き、花は咲き、イタリア人は歌い、ロシア人は踊る」
という名文句があったが、これに続けて、
「中国人は料理する」
と書き加えるべきだと思った。中国人がその知識と才能とエネルギーと情熱を最大最高に発揮する分野は、音楽でも、絵画でも、舞踊でも、芝居でもない。間違いなく料理だ。

北京―モスクワ国際列車に乗った後、その意をさらに強くした。

レールの幅がソ連領に入ると広くなる。だから中国側満州里、ソ連側ザバイカルスクという二つの国境駅の間で、クレーンでもって車体を幅狭車輪から切り放して持ち上げ、前方ソ連側レールの上で待ちかまえる幅広車輪に載せ換える。そのとき、食堂車だけはスタッフもろとも完全に新しい車両に入れ替わることになっている。

この作業中、旅客は車外に出て通貨の両替や国境越えにともなうパスポート審査や税関審査を受ける。ようやく再び列車に乗り込むことを許され、国境駅を出発するまで、二時間も待たされたろうか。お腹《なか》が空《す》くのに十分な時間だ。さっそく食堂車に赴いたのだった。熱々のボルシチを思い描いて胸躍らせながら、一〇以上の車両を越えて達した食堂車の扉の張り紙はブッキラボウだった。

「開店はモスクワ時間一〇時」

ってことは現地時間一四時、あと二時間もかかるというのだ。閃《ひらめ》くものがあって、扉をドンドン叩《たた》いた。扉枠をどうやって通過するのか、どう考えても不可能に思える巨体のおばさんが扉を開けた。

「予約を入れときたいんですけど」

「一〇時の予約は満席よ。六人ですって？　一二時まで無理ね」

案の定である。無愛想この上ない対応は、正真正銘のソ連のウェイトレスの証で、

「ああ、ついにソビエト領内に入った」

と実感したものだ。こちらの氏名をノートに書き込むと、ガシャリッと扉を閉めた。トボトボと仲間とともに元の車両に引き上げながら、

「もしかして、彼女は、もう少し痩《や》せている時に食堂車に入って、中で食べ過ぎて太ってしまい出られなくなって、それ以来ずっと中に住んでるんじゃないか」

「いや、そうなると、トイレはどうしてるんだろう」

などと空想して腹いせをした。

それにしても悔やまれた。同じ車両のハンガリー人の旅慣れた青年が、

「ソ連領に入ると食事事情が悪くなるから、中国領にいるうちに食堂車でかんづめ買い込んどいたほうがいいよ」

と親切に忠告してくれたのに、なぜ意にとめなかったのか。満州里駅の食堂に立ち寄らなかったのが、一生の不覚に思われた。そういえば、中国の食堂車は発車と同時に開店した。食堂車に入りきれない場合は、コンパートメントまで出前サービスをしてくれた。それも注文して一五分以内に。あのタンメンのうまかったこと……。いつまでもいつまでも同じ草原が続く単調な窓外の景色を眺めていると、時間が止まってしまったかのようにも思えた。だが、

「それでも地球は回っている」

いみじくも異端審問にかけられたガリレオ・ガリレイが心の中でつぶやいたとおり、予約の時間はやってきた。

中国型とサイズがさほど変わらないはずのソ連型食堂車に入るなり、異様な光景に唖然《あぜん》とした。車両の五分の一を占めるテーブルや椅子《いす》の上にビッシリと荷物が積み上げられていた。何たる理不尽！　あれだけ客を待たせながら、有効な面積を無駄遣いしているとは。

客が入れ替わるたびに、例の巨体が汗をかきかき使用済みのテーブルクロスとナプキンをひっぺがし、荷物の山のほうへ赴いてテーブルの下の隙間に転がる大きな麻袋に突っ込み、山の上のほうから真っ白なテーブルクロスとナプキンを取り出して来て、先のテーブルのメイクをしなおす。中国の食堂車のテーブルは、ビニールクロスだから給仕が前の客のあと片づけをしながら、汚れをサッサッサッサッと濡《ぬ》れ布巾《ぶきん》で拭《ふ》き取るだけでよかった。

次にウェイトレスは、ナイフ、フォーク、それに大小のスプーンをガシャガシャいわせながら運んできて一人一人の前に型どおりに並べた。中国の食堂車では、各テーブルの背の高いコップに洗った箸《はし》がギッシリ入れてあって、客が自分で取ればよかった。

それでもメニューは、なかなか品目が多いので、久しぶりのロシア料理、一同少々興奮しながらそれぞれの選択を果たした。

「彼はウクライナ風ボルシチ、この人はきのこスープ、彼女は鳥の澄ましスープで、わたしはソリャンカ……」

「モーッ、注文する前に、その料理がそもそもあるかどうかを確かめてくれなくちゃ困るじゃないの」

ウエイトレスの悪い機嫌をさらに損ねてしまった。

「すみませんでした。ところで、何があるのでしょうか」

「前菜はビーツ（砂糖大根）のビネグレット（酢の物）、スープは鳥肉入りヌードル・スープ、メインはビーフ・ストロガノフ揚げじゃが芋添え、デザートはコケモモのムースしかないの」

いやなら出てけと言わんばかりの剣幕だ。

「そっそれを六人前お願いします」

「飲み物はどうすんの」

「なっ何があるのでしょうか」

意外なことに、飲み物はソフト・ドリンク類から赤白ワイン各種、ウォトカ、コニャックにいたるまで一通りそろっていた。注文を聞いたウェイトレスは車両の端の山のほうへいくと、モゾモゾと中に手を突っ込んで目当ての瓶を取り出す。どうやら瓶の詰まった木箱は、テーブルクロスとナプキンの山の下に積み重ねられているのだ。

西洋料理はなぜこうも食器の種類が多いのかと、今更ながらたまげた。列車食堂という限られたスペースだから略式ではあるのに、飲み物用だけでもジュースやミネラルウォーター用のコップ、ワイングラス二種、ウォトカなど強い酒用グラス、紅茶用受け皿付きカップ、コーヒー用受け皿付きカップ。食事用には、前菜用中皿、サラダ用小ボール、スープ皿、ブイヨン用カップ受け

MARI
17

皿付き、メイン用大皿、デザート用小皿等々。かさばることこの上ない。テーブルだって大きくなってしまう。

中国のほうの列車食堂は、飲み物用にはミネラルウォーターにもビールにも共通のコップと、茶を飲むための小ぶりな湯飲みだけ、食事用には、ご飯用にも汁用にも使える茶碗《ちゃわん》、麺類《めんるい》用のドンブリ、それに大皿と取り分け用の小皿だけ。感動的にシンプルである。

狭い厨房《ちゅうぼう》を覗《のぞ》くと、調理器具においては、この傾向がさらに著しい。フライパンにオーブンにミキサーに肉挽《ひ》き器に大中小、底浅、底深の鍋がズラリと並び、フライ返しや泡立て器やお玉やネットや色々な型の包丁など名前も覚えられないほど無数の器具でいっぱいなのはソ連車の厨房。中国車の厨房は、スープのだしを取るための大型底深鍋と中華鍋とお玉、ザル、蒸籠《せいろ》、それに長方形の包丁一種類と切り株型のまな板だけだ。

北京の革命博物館で見た、毛沢東率いる八路軍の兵士の写真を思い出した。足首に巻いたゲートルにお玉を差し、背嚢《はいのう》の上に中華鍋をのっけていた。キャプションに、この格好で長征を成し遂げたとあった。

気も遠くなるほど長い中華料理の発展過程で、おそらく食器も調理器具もドンドン余計なものがそぎ落とされていった結果なのだろう。この極限にまで簡素化された器具類で調理され、食器で供される食材の多様多岐にわたること、驚嘆して余りある。中国人は、まぎれもなく、地上でもっとも食域の広い生き物だろう。

「中国人が食わないのは、地面を這《は》うものでは自動車だけ、空飛ぶものでは飛行機だけ、水中を泳ぐものでは船舶だけ」

という喩《たと》えが言い過ぎでないほど、ありとあらゆるものを偏見を捨て差別しないで等しく食の対象として見る勇気と好奇心と貪欲《どんよく》さには、何か人類を代表してヒトの食域拡大に邁進《まいしん》する開拓者のような神聖なものを感じる。

料理そのものに、料理をつくる器材でも、料理を盛る器でも、料理を食すときのマナーでもなく、ひたすら料理そのものに集中していく形で、中華料理は発展を遂げた。その歴史的、国民的なそういう情熱のあり方にタジタジとなってしまう。

マナーも無礼講というのがいい。ひたすら料理を味わうことに集中するよう促す仕掛けになっている。パール・バックのピュリツァー賞受賞作『大地』には、客を招いた主人が、まずこれ見よがしにテーブルクロスに料理をこぼして、

「ほれ、この通り、いくら汚しても構いません。気楽にやって下さい」

と合図する風習が紹介されている。和食やフランス料理のように肩ひじ張って勿体《もったい》ぶって食べるのが野蛮に思えてくるから不思議だ。

さらに、調理方法についても、一応専門家の愚妹によると、

「日本料理などは、ほとんど日本の食材を用いないとつくれない、いわゆる調理法が素材依存型であるのに対して、中華料理は大変抽象度が高い」

というのである。つまり世界中どこの国へ行っても、そこの食材に適応できる普遍性を持つものが多いそうだ。もっとも、中華料理の極意は何でも食の対象にしてしまうことだから、調理法の普遍性と抽象度が高まるのは当然の成り

行きではある。

そういえば、地球のアチコチずいぶんいろんな国を訪れたが、都に中華料理屋の無い国は、まだ行ったことがない。

モスクワの中華料理、ハルビンのロシア料理

中ソ論争が最も激烈だった頃のモスクワにさえ、市心部の一等地に、「北京飯店」があった。中ソ蜜月《みつげつ》時代は中国人コックが腕を振るったというが、もちろん六〇年代から八〇年代前半までは全員引き払っていて、ロシア人コックによる品々は、ロシア風中華料理というよりも、中華風ロシア料理と呼ぶべき代物《しろもの》だった。

それでもモスクワに長逗留《とうりゅう》していると、醤油《しょうゆ》の味が無性に懐《なつ》かしくなり、ついフラフラッと立ち寄ってしまう。味には失望させられることのほうが多いのだが、行く度に、笑ってしまうことがある。中華料理（であると少なくとも店

のロシア人は真剣に信じているらしい）を、ロシア料理のフルコースの順番で給仕するのである。最初に前菜。これは、いい。中華料理も冷盆が筆頭だ。次に汁物、魚料理、肉料理＆ご飯、デザートという順序なのである。

そして、中国東北部は黒竜江省の省都ハルビンを訪れた際に、かつてロシア人租界《そかい》があったこの都市ならばと立ち寄ったロシア料理屋でそっくりな経験をした。ハルビン市一番の評判どおり、味はいい線を行っていたのだが、料理の出し方が完璧《かんぺき》に中華風なのである。

最初にキャビアとか、塩漬けニシンとか、ピクルス野菜などの前菜を出してくるのは、ロシアもそうだから問題ない。次が、スズキの野菜煮とかキーエフ風鳥のカツレツとか、ビーフ・ストロガノフとか七種類ものメイン・ディッシュが大皿に載せられて次々と運ばれてくるのだ。小皿に取り寄せて食べるようになっている。最後にようやく黒パンとボルシチが出たのだった。

料理を食べる順序というのは、どうやら食習慣を構成する各要素のなかでもかなり頑固な部分のようだ。ロシア人にしてみれば、別名ペルヴィイ（ファースト・ディッシュ）とさえ呼ぶスープを最後に食すなんて、そして中国人にしてみれば、最後の〆《しめ》の汁物を最初に食すなんて、天地が逆転し、太陽が西から昇るほど、道理に反し、気分が落ちつかないのだろう。

そして、こと食材と料理に関しては、偏見と無駄を徹底的に剝《は》いでいるかに見えた中国人が、こんなところでしっかりと型にはまった行動様式に縛られているのが微笑《ほほえ》ましくなった。

ベニスのアメリカ人

さて、愚妹の修業先は、ベニスの「ハリス・バー」という店だった。例の誇り高いフランスの「ミシュラン」が、イタリアで最初に星を二つ付けたという、なかなか有名なレストランである。ベネチア・サミットのときに料理を担当したことからも分かるように、最高級のイタリア料理店だ。

ヘミングウェイが足繁《しげ》く通ったことでも知られる店だから、一種の観光名所

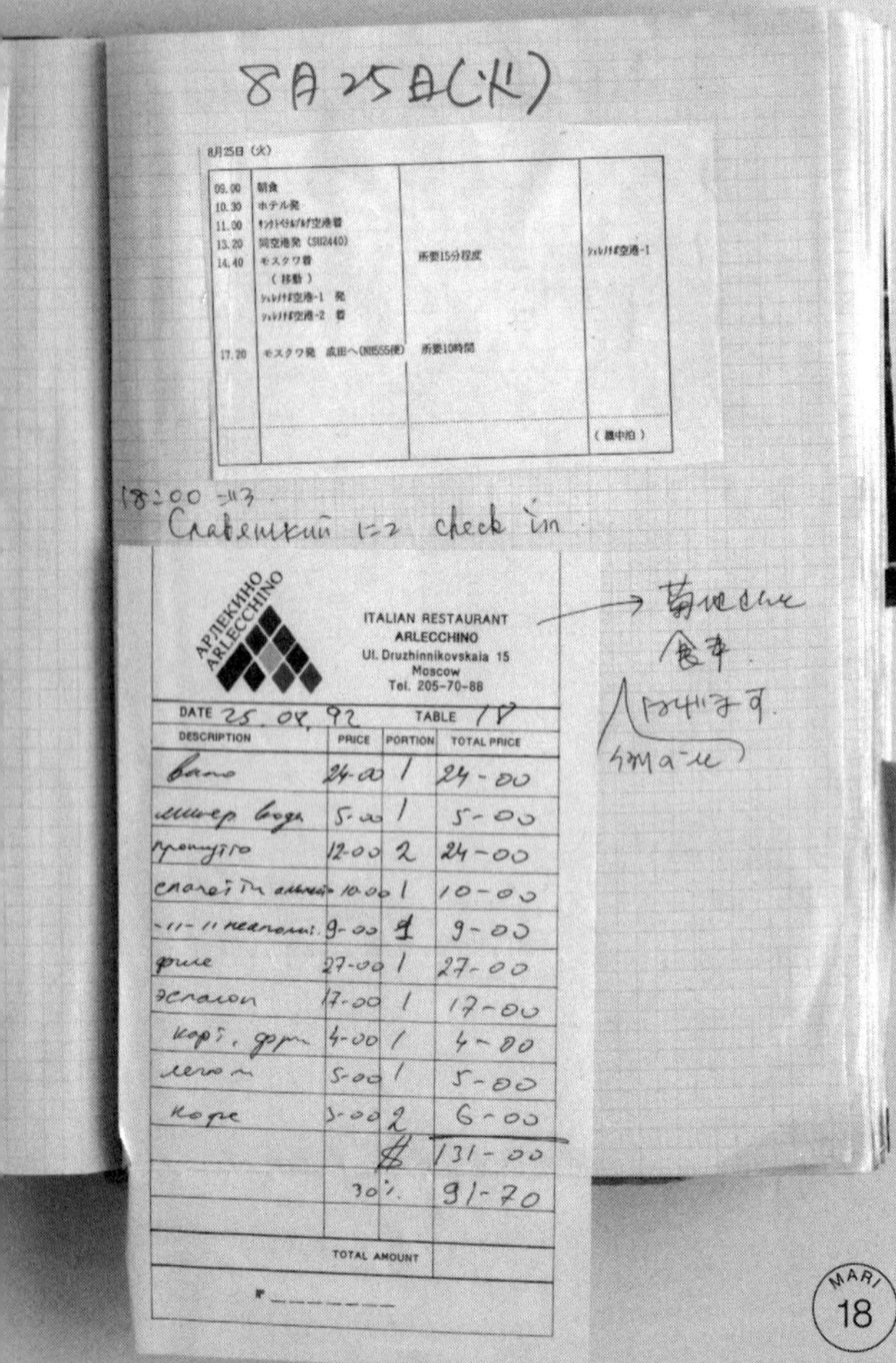

8月25日(火)

8月25日（火）

09.00	朝食		
10.30	ホテル発		
11.00	サンクトペテルブルグ空港着		
13.20	同空港発（SU2440）		
14.40	モスクワ着	所要15分程度	シェレメチボ空港-1
	（移動）		
	シェレメチボ空港-1 発		
	シェレメチボ空港-2 着		
17.20	モスクワ発 成田へ(NH555便)	所要10時間	
			（機中泊）

18:00 ～19
Славянский に2 check in

АРЛЕКИНО
ARLECCHINO

ITALIAN RESTAURANT
ARLECCHINO
Ul. Druzhinnikovskaia 15
Moscow
Tel. 205-70-88

DATE 25. 08. 92 TABLE 18

DESCRIPTION	PRICE	PORTION	TOTAL PRICE
вино	24-00	1	24-00
минер вода	5-00	1	5-00
прошутто	12-00	2	24-00
спагетти алн...	10-00	1	10-00
-11- 11 неаполит.	9-00	1	9-00
филе	27-00	1	27-00
эскалоп	17-00	1	17-00
карт. фри	4-00	1	4-00
лимон	5-00	1	5-00
кофе	3-00	2	6-00
		$	131-00
	30%		91-70
TOTAL AMOUNT			

№ ________

→ 菊池さん
食事
付けます.

でもあるせいか、アメリカ人の観光客がよく訪れる。

大方のアメリカ人は、店のメニューにひととおり目を走らせた後、給仕にむかって、たずねるそうだ。

「ところで、この店には、ハンバーガーもないのかね」

これはこれで、他国や他文化に対して劣等感ゼロのアメリカ人らしく、なかなか爽快《そうかい》。西欧文明に対して「追いつけ追い越せ」精神でやってきた日本人は、なかなかこうはいかないだろう。

「こんな場合、フランスの格式高いレストランだったら、鼻先でせせら笑うようにして、慇懃《いんぎん》無礼にお引きとり願うでしょうね」

と言うのは、愚妹。

「イタリア人は、そんなとき、凝りに凝った最高級のハンバーガーを作って、供すの」

隣国ながら、それぞれの国民性を反映して、誇りのあり方が違うんである。

ちなみに、あくまでも仮説に過ぎないが、美味美食が盛んな国、一般国民が料理に多大な関心をはらい、膨大なエネルギーを費やすのは、封建制度が比較的長く続いた国々である。中国、フランス、イタリア、日本……いずれも、それに当てはまる。

そして逆に、一般的に「料理がまずい」と言われている国々、すなわちイギリス、オランダ、スイスなどは、いずれも資本主義が他国に先駆けて芽生え、発展した国々である。

美味美食のような「非生産的な消費」と「時間の浪費」に走らなかった国民のほうが、資本主義的生産様式が形成されるために必要な富の蓄積をより迅速に、より効率的に成し得たのではないだろうか。「料理がまずい」ならば、美食の誘惑に負ける危険は、より少なくなるというわけだ。

ところで、わたしがこんなふうに「イギリスは料理がまずい」とか「オランダ人は味覚音痴だ」と決めつけた言い方をすると、料理専門家のわが妹は、ひどく怒って、わたしをたしなめる。

「どの国民の味覚も、地域的風土、気候などの自然条件、歴史的経緯などに根ざした長期にわたる生活習慣の一部を成す食生活から生まれるものだから、そういう条件がことごとく異なる国民が、一方的に他国民が美味《おい》しいと思って常食している料理を『まずい』と決めつけるのは、実に傲岸不遜《ごうがんふそん》で聞き苦しい」と言うのである。

先ほどから「料理がまずい」をカギ括弧にいれてきたのは、そんな事情からである。

ビシュケクの日本人、東京のキルギス人

理屈の上では、妹の言うことが正当と分かっていても、実際に異国を訪れて、食べ慣れぬ料理を「まずい、食えない」と感じるのも、またどうしようもない、まぎれもない事実なのである。

天山《テンシャン》山脈のふもとに、キルギスタン共和国という国がある。「草原情歌」に、

はるか離れたそのまた向こう、
誰にでも好かれる
きれいな娘がいる……

とうたわれた、中国側から見ると、「そのまた向こう」すなわち天山山脈の反対側に位置する。一九九一年、ソ連邦の崩壊によって独立した、かつてソ連邦の一部を構成する連邦共和国だった国。最近、首都ビシュケクを、通訳の仕事で二年連続訪れる機会があった。ここの政府の信頼を一身に集め、国の元首アカーエフ大統領の最高顧問、中央銀行顧問、国立ビシュケク総合大学名誉教授などの要職についている日本人がいる。日銀の参与で、現在当地の日本センター所長をつとめる田中哲二氏。

一度目のビシュケク訪問時、田中氏が歓迎の意を込めて、
「ここで一番うまい中華料理屋」
なるものにご案内くださった。

そこで出されるあらゆる料理が、肉炒《いた》めも、野菜炒めも、チャーハンまでもが、溢《あふ》れんばかりの羊のあぶらの海の中に浸《つ》かっているようなのを見て、わたしは完全に食欲を失ってしまったものだ。そして、この地で一年以上も単身赴任を続ける田中氏の健気《けなげ》さに感じ入って涙が止まらなかった。

二度目にビシュケクを訪れたとき、田中氏は、

「前回よりも、さらにうまい中華料理屋が、最近できたんですよ」

と嬉《うれ》しそうに案内してくださった。

ところが、ここでもまた、頼んだチャーハンはギトギトしたあぶらの海の中。

「キルギス人って、からっきしチャーハンというものが分かってないのね！チャーハンのご飯は、パラパラ、サラサラっというほど乾いていなくちゃ。あたし、断然厨房に行く。行って、コックさんに本当のチャーハンってのを作って食べさせてみせるわ」

ついにわたしは息巻いて、厨房に向かおうと立ち上がった。

ところが、大統領最高顧問は、おなかを抱えて椅子《いす》から転げ落ちんばかりに

笑いこけている。

「ハハハハハ、このあいだキルギスの銀行家を日本に連れていき、東京の中華料理屋に案内したら、あんたの今の台詞《せりふ》とソックリ同じことを言ったよ。『日本人は、全くチャーハンというものが分かってない！　チャーハンのご飯は、タップリとした油の中にひたひたに浸っていなくちゃならんのだよ。断じて油をケチっちゃいかん！　オレを是非とも厨房に入れてくれ。コックさんに本物のチャーハンってのを作って食べさせてみせようじゃないか』ってね」

いうまでもなく、厨房へ押し掛けようとするわたしの意気込みは、たちまち萎《しぼ》んだ。

『魔女の1ダース』　一九九六年八月

ガセネッタ・ダジャーレと
シモネッタ・ドッジ

このあいだ字幕翻訳の戸田奈津子さんが、一番苦労するのがユーモアの翻訳だとおっしゃっていた。現代版ファウストといった趣の『ディアボロス』という映画で悪魔役のアル・パチーノが、主人公と初対面の際、「ジョン・ミルトンです」と名乗る場面で、アメリカの映画館ではワッと客席がわくのに、日本ではいたって静か。元祖『失楽園』の著者の名前が常識になっている文化圏とそうでない文化圏の差がモロに出る。それが笑いなのだ。「渡辺淳一です」とでも翻訳したら、かなり受けるのかもしれない。

実は、わたしも『失楽園』には泣かされた。とある国際会議で、広告業界のオーソリティーのスピーチがあった。

「いま日本では、五〇代以降の男性が一番モノを買わない。要するに購買意欲が低い。この消費者群を対象にして成功したら、業界では名を成せると言われているんです。ぼくの同僚でこの難しい課題に挑もうという男がいましてね、そこで注目したのが、例の『失楽園』なんです」

ここで、同時通訳ブースにいるわたしは少々あわてる。本のタイトルをそのまま訳したらJ・ミルトン作の方と混同される確率の方が高い。同時通訳は時間との勝負だから、「婚外恋愛の末、心中にいたる中年男女を描いた濡れ場の多い『失楽園』という名のベストセラー小説」なんていう長たらしい説明訳は間に合わない。せいぜい傍線部ぐらいの訳でお茶を濁して、話の続きを必死で追いかける。

「ご存じのように、日本経済新聞という主に五〇代以上の男性を読者層とする新聞紙上に連載中から評判で、おかげで新聞の売り上げが伸びたらしい。次に講談社で単行本化されるや、発行部数二七〇万に迫る勢いです。そして、映画化されますと、これまたどの映画館も満席。しかも、普段映画鑑賞などに無縁なお父さんたちまでがけっこう足を運んでいるらしい。それでわが同僚は、市場視察という名目で映画館をのぞいてみたんですね。そうしたら、中年男が多いなんて、ガセネタもいいところ。どこも四〇代から六〇代までの女性ばかりだったんです」

話に無理がなくて、文章が短い。通訳者にとっては理想的なスピーカーだと心の中で壇上の人に感謝しつつ訳出していたわたしは、次の瞬間、同じ相手を呪《のろ》っていた。

「シツラクエンなんて、とんでもない。そこは、トシマエンだったのですね」

日本人聴衆が過半数を占める会場は抱腹絶倒。でも、ロシア人もふくめ外国人のみなさんは爆笑の理由がわからず、怪訝《けげん》な顔をして同時通訳ブースの方を一斉に振り返る。豊島園が東京にある有名な遊園地で、しかも「年増」という言葉と掛詞《かけことば》になっていて、そのうえ語末の「エン」が韻を踏んでいるなんてこと説明するヒマ、スピーカーから三〜四秒以上遅れられない同時通訳者にはないのだ！　それに、クドクドと説明しおおせたとしても、それを聞いた外国人には、せいぜい日本人聴衆が爆笑した理由がのみ込めるぐらいで、自分たちも腹を抱えて笑い転げてくれる確率は、ほぼゼロに等しい。

ことほどさように、笑いほど時代や国情や身分や立場など文脈依存度の高い、つまり他言語に転換するのが難しい代物はない。なかでも、絶望的になるのが、言葉遊び、掛詞《かけことば》や駄洒落《だじゃれ》の類である。通訳者が訳すことができるのは、言葉の意味だけで、言葉の響きや文字面に依拠する遊びは訳された言語では失われてしまうのだから当然ではある。なのに、同音異義語が多い日本語は、この言葉遊びに由来する笑いが多い。多すぎる。

というわけで、駄洒落には恨み骨髄のはずの同時通訳者たちのはずなのだが、病気じゃないかと思われるほどの駄洒落好きがむやみやたらと多いのが、この業界なのである。一種の職業病なのじゃないか。

このあいだ、ドイツ語同時通訳の中山純さんに呼びとめられた。

「通訳者ってみな一匹狼だから、こうして元気なうちはいいけれど、働けなくなったときのこと考えると不安だよね。それでいまから共済会を結成して基金を募って、将来的には通訳者たち共同の老人ホームを創れたらいいと思うんだけど、米原さんものらない？　老人ホームの名前はもう決まっているんだ」

「へーっ、気が早いこと」

「アルツハイムって言うの」

同時通訳者たちの中では真面目で律儀なドイツ語族にしてからがこういう調子なのである。生真面目度においては、優劣つけがたい韓国語族も負けてはいない。

「米原さん、金正日総書記の好物、知ってますか?」

なんて尋ねてくるのは、南北対話の進展で最近景気のいい韓国語同時通訳の長友英子さん。

「サンドイッチなんですって。サンドイッチのこと韓国語で何と言うか、知ってますか?」

「エッ、あれは韓国にとっても朝鮮にとっても外来品だから、サンドイッチって言うんじゃないの?」

「ハムハサムニダって言うんです」

わが敬愛してやまない師匠の徳永晴美さんなど、不可能なはずの駄洒落の同時通訳までやってのける人である。もちろん、ご本人も駄洒落を吐かない日は一日とてないような毎日を送っておいでだ。フランス語の単語一〇個覚えたところで、もう駄洒落が口をついて出てくるような人なのだから。

「万里ちゃん、お客さんに『ああ、ドージ通訳の米原さんですね』なんて初対面で言われたら、なるべく〝ド〟と〝ジ〟のあいだを詰めて、『はい、ドジ通訳の米原です』と聞こえるように受け答えした方がいいよ。なにしろ、同時通訳に失敗はつきものだからね。とくに米原さんはね」

なんていう貴重な処世訓を駄洒落に託して垂れてくださったのも師匠。実を言うと、わたしに「シモネッタ・ドッジ（Simonetta d'Oggi）」なる命名をしたのは、ほかならぬ師匠なのである。

もっともわたしを下ネタに開眼させたのは、師匠その人であって、わたしは単に師匠が次から次へと連発する下ネタに腹を抱えて笑い転げていたにすぎない。それでも、敬愛してやまない師匠から授かった屋号、ありがたく襲名しようと張り切っていた矢先、出会ったのが、田丸公美子さんだった。

イタリア語通訳界の大横綱（後に続く大関、関脇、小結なし）と賞賛されるだけのことはあって、頭と舌の回転がわたしの一〇倍は速い田丸さんは、まるで機関銃のように下ネタを連発する。それも「下手な鉄砲、数撃ちゃ……」タイプではなくて、どれも粒ぞろいの傑作ばかり（その一端は、本書〔編者注『ガセネッタ&シモネッタ』〕の中でもチラリチラリ紹介していくつもりだが、ご本人のエッセイ集『パーネ・アモーレ』文藝春秋刊を読んで下さった方が手っとり早い。もっとも生《なま》の田丸さんは、もっとすごいとだけは申し上げておこう）。

ああ、負けた。「シモネッタ・ドッジ」を名乗るなんて、とてもおこがましくてできない。この栄《は》えある屋号、潔く田丸公美子さんに献上しようと決心したのだった。

田丸さんの下ネタはどれも駄洒落絡みになっていて、これに絶妙な駄洒落の茶々を入れるのを得意とするのが、スペイン語通訳の大御所、横田佐知子さんである。これはもう比類なき閃《ひらめ》きの持ち主で、アッと唸《うな》らされることたびたび。冴えた駄洒落を吐くためには、真実や事実を誇張したり、無視したり、歪《ゆが》めたりするのも辞さない天晴《あっぱ》れな求道者なのである。わたしの頭に「ガセネッタ・

ダジャーレ（Gasenetta d'Aggiare）」なる芸名が浮かんだのは、ごく自然な成り行きであった。

二人の傑作なやりとりを活字にしようと悪戦苦闘したが、わたしごときの筆力では面白さが一〇〇分の一以下になってしまう。二人の才能を通訳同士の仲間内だけで堪能していたのでは勿体《もったい》ない。是非とも「ガセネッタとシモネッタ」なる漫才コンビを発足させて一儲けできないものかと夢見る今日この頃である。

名通訳者には、駄洒落の達人が多い。この業界に身を置いて二〇年を越えるわたしの偽らざる印象である。

それにしても、なぜ本来天敵のはずの駄洒落を愛してやまない通訳者が多いのだろうか。

通訳者に下ネタ好きが多いのは、理解できる。これほどいかなる言語、文化をも楽々と飛び越えて万人に通じる概念はないからだ。いまはやりのグローバリズムに最も合致するのが下ネタ。

しかし、駄洒落はその逆。狭く排他的で、言語の壁を乗り越えられない偏狭なナショナリズムそのものって感じの営み。なのに、何を好きこのんで通訳者たちは駄洒落に淫するのだろう。

「憎さあまって可愛さ一〇〇倍」という面もあるかもしれない。

異言語、異文化と日々格闘する通訳者は、ナショナリストになりがち。日本だからこそ、日本語だからこその笑いに「よくぞ日本人に生まれたり」と喜びがこみ上げてくるから、という面もあるだろう。

でも、最大の原因は、次の点にあるような気がする。

意味には言葉が指し示す事物に対する常識や伝統的観点が染み着いている。駄洒落によって、それがズレる快感こそが、笑いのもとなのだが、おそらく、通訳者は、仕事の上では常に意味のみを訳すことに縛られているため、意味から解き放される解放感にたまらなく惹《ひ》かれるのではないだろうか。

通訳者は、誰しも多少の差はあれ、ガセネッタ・ダジャーレでありシモネッタ・ドッジなのかもしれない。

「アイ・フィール」(紀伊國屋書店) 一九九八年春号

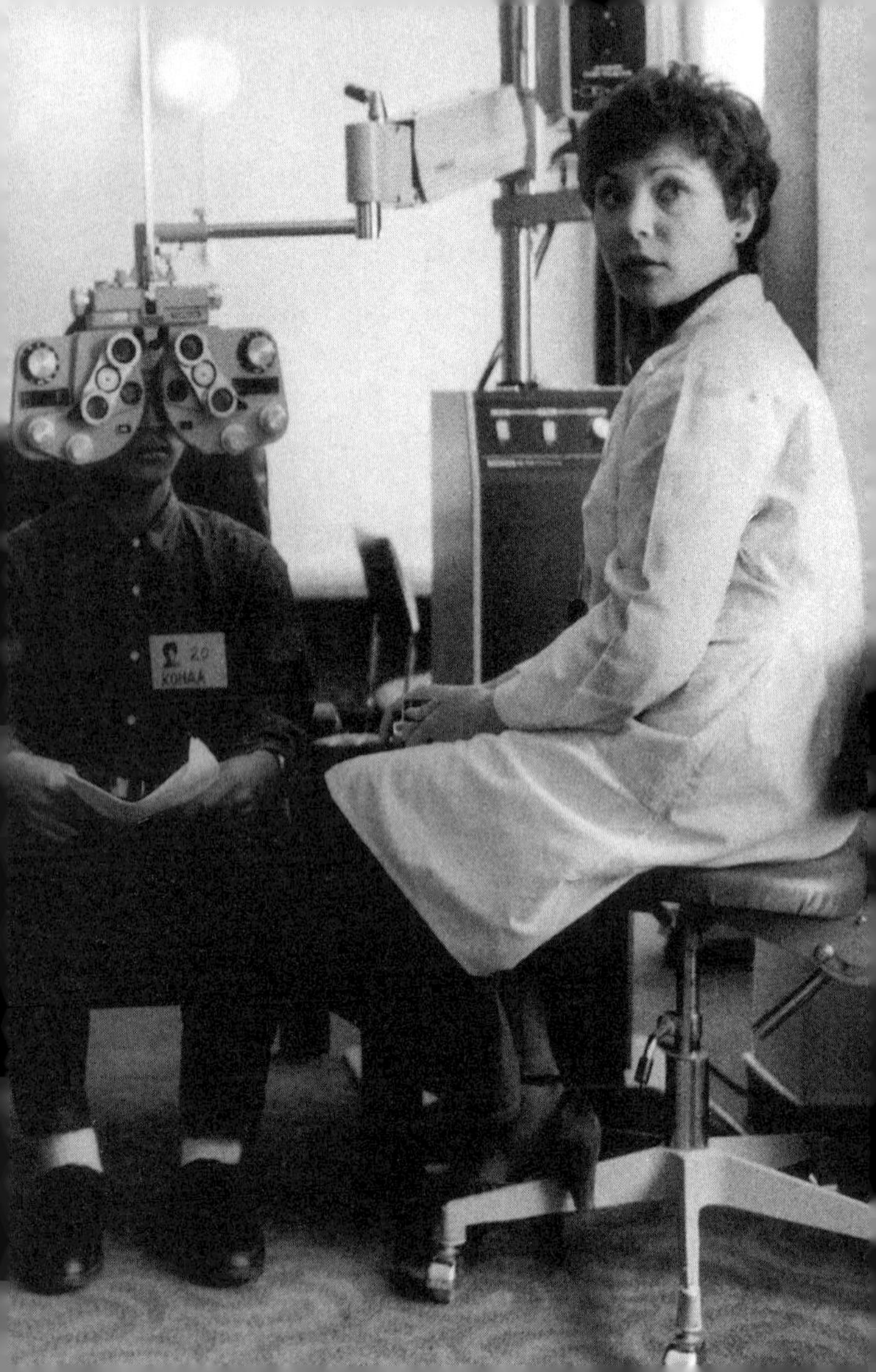

MARI
19

別名 毒舌万里

「あら美人じゃない」

「だって美人に描かなきゃかみつかれそうだもん」

「あたし、こんなに鼻大きくないよ」

やっぱりしわのない若い人はむずかしいし、美人は余計描きにくい。

彼女は私のプラハスケッチをめくりながら、

「あらいいわね いいわね」

と。日頃の毒舌を思えば

米原万里さん
1989.3.4 (栖)

ずい分高得点がついた。
―― ところがどっこい
スケッチブックをとじると
「うん、うん、絵だけは、とってもいい!」
とぬかしおった。
米原万里の最終学歴、
東大イタズラ学科・毒舌学部卒。

雨にも負けず
日照りにも負けず

日本列島は梅雨の季節に突入したはずだというのに、関東圏は爽やかな涼風がそよぐ日が多い。

もっとも、油断禁物。いつ雨が降り出すか心許ないので、外出時は折りたたみ傘を持ち歩くことになる。これがカサと言うだけあって結構カサ張る。不要なときには、これほど邪魔なものはなく、必要なときには、これほど不可欠なものはない。

一方で、夏に向かう時期であるからして、日ごとに日差しは強く激しくなっていく。

地球温暖化を阻止すべく各国の排出ガス量を規制した京都議定書の調印を、世界最大の二酸化炭素&フロンガス排出国アメリカは拒んだ。オゾンホールはいよいよ拡大し、皮膚がんを誘発するとその危険が指摘されている紫外線量は増え続けて、日傘も必需品になってきた。

ところで、傘については、お気付きの方も多いと思うが、決して看過できない二大法則がある。

その一。傘を持って出た日には絶対に雨は降らないのに、傘を持っていない時に限って雨が降る。結局、わたしのような傘運の悪い人間を見込んで、駅や停留所近くの店が売り出す安物のビニール傘を買い込むことになる。

その二。そういう安物の傘は、その後絶対に紛失することはなく、商売ができるほどどんどんたまっていくのに、ちょっと奮発して購入した高価な美しい傘に限って、必ずどこかに置き忘れてなくしてしまう。

傘については、恨めしいことがまだまだある。

まず、自転車に乗りながら傘をさすのは難しいこと。それ自体は経験を積むことで何とかこなせるようになっても、移動しているため雨脚の向きが変わってしまうので、傘が無意味になるほど濡れてしまうこと。

それから、複数の犬と散歩するわたしのような人間は、犬の散歩か傘か、どちらかを諦《あきら》めなくてはならなくなることが多い。これは、片手が傘に奪われてしまうせいで、買い物なども、雨の日は量的制限を受けることになる（そういう場合は、雨合羽を着用せよ、という方もおられるだろうが、高温多湿のこの季節、雨合羽など着用しようものなら、蒸し風呂並みに汗をかいてビショビショになるから、同じ濡れるのなら雨の方がましということになる）。

さらには、傘は、手を必要とするせいもあって、犬や猫は傘をさすことができない。ペットショップでは最近、雨の日のお散歩グッズと称して、犬用の雨合羽などを売っているが、人間でさえ不快な蒸し暑さ、犬にとっては、耐え難いに違いない。

ことほどさように、傘の使用にともなって、多くの不便不都合が生じているにもかかわらず、二一世紀になっても人類は、いまだに傘の形状を変えてはいない。

そもそも日よけや雨よけのために頭に被っていた笠を大ぶりにして棒で支えて手で持つような傘が日本で用いられるようになったのは五、六世紀の頃のことで、『万葉集』や『枕草子』にも「蓋《きぬがさ》」や「おほかさ」という名で登場する。開閉式の唐傘がルソンから入ってくるのが一六世紀、イギリスで一七世紀に生まれたこうもり傘が入ってくるのが、明治維新の頃である。

つまりは、今のような片手で傘を持つようになって、すでに一五〇〇年も経過しているのである。ほとんど雨の降らない地域はいい。日本のように、降雨量がヨーロッパ平均の四、五倍はある国で、この状況に甘んじていることはないではないか。

ここまで述べてきたことからも明々白々なように、傘にとっての最大最重要な課題は、使用中に人の手を煩わせることのないタイプの開発なのである。

せっかく数百万年前、類人猿が直立することで人類となったのである。人類の両手は、その持ち主の身体を支えるという責務から解放されたのである。手が自由に使えるようになったからこそ、さまざまな道具や文字を発明して使いこなし、そのおかげでさらに人類は発達してきたのである。脳の発達もまた手の発達と連動して進んだのである。その片方の手の自由を傘ごときで奪ってはならないではないか。

そういう人類史的な崇高な使命感にかられ、また何よりも日常生活をより快適に、楽しくするという立場に立って、次の二種類の傘の開発にとりかかった。

第一バージョンは、帽子タイプ。つまりは、かつて笠から傘になったルートを逆行する、先祖返りするのだ。といっても、そもそも髪形が崩れるのを嫌って笠が頭部から離れたのであるから、その点は考慮しなくてはならない。笠の頃には、まだ人類が知りもしなかった、さまざまな新しい軽くて防水加工が可能な繊維素材が生まれているので、それを活用するのは言うまでもない。

帽子の頭頂部から噴水状に傘が広がる。顔のある前面は透明素材を用いるのがよい。人込みなどで、傘がぶつかって身動きが取れなくなると困るので、傘の骨はフレキシブルな素材を用いる。雨脚の角度や激しさによって、傘の長さを調整できるようにする。

日傘バージョンの場合は、もちろん、紫外線遮断素材を用いる。また、頭部を覆う個所に太陽電池を取り付けて、傘の内部で小さな扇風機が回るようにする。

　これを犬にも取り付けようとしたところ、人間のように頭の下に身体が配置された造りになっていないため、構造的に無理がある。それで、前足の付け根と後ろ足の付け根にリュックサック方式に支えを取り付けて、そこから傘が広がるバージョンを考案した。

　このバリエーションから生まれたのが、人間用の第二バージョンである。腕

の付け根から肩にかけてリュックサック方式で支えを取り付ける。そこから傘を支える棒が伸びているという仕組みだ。
日よけの場合、これをパラシュート方式にして、傘を袋型にして、空気より軽いガス（たとえばヘリウム）を詰めれば、棒で支えなくとも傘が勝手に浮いてくれるかも知れない。空中に浮遊する枕からカーテン状のベールが垂れている。これは、もちろん、紫外線カット素材にする。

「発明マニア」（サンデー毎日）二〇〇四年七月四日

日本がかかえるいくつかの問題を一挙に解決する案

今でも発展途上国では、子どもは重要な労働力として、家族からも社会からも当てにされている。子どもの労働を禁ずる法律が導入されるのは、二〇世紀になってからで、それも先進国に限ってのことである。それ以前は、はるか遠い昔から、世界の圧倒的多数の地域で、子どもたちは、ごく当たり前に大人たちと肩を並べて働いてきた。従って同じぐらいに、はるか遠い昔から、働き者と怠け者がいた。

だから、プラトンもアリストテレスも、なぜ同じ条件のもとに置かれながら、勤勉な性格と怠惰な性格の人間ができるのか不思議に思い、若者の教育方法との関連でずいぶん真面目に考察している。たとえば、アリストテレスは、音楽によって勤勉な若者を育てる方法を探求してたりする。

この問題には、近代フランスの哲学者たちもさかんに関心を寄せ、さまざまな説や理論が活発に交わされてきた。ただ一つ、彼らが一致して認めていたことがある。それは、フランス一を誇るサボイ地方の人々の勤勉は、気候風土の厳しさ、生活条件の困難がもたらしたものだ、という点である。

換言すれば、欠乏と必要性、要するに満ち足りていないことこそが人を懸命に努力させ頭と肉体をフル回転させる最良の教師なのではないか、と。

三重苦のヘレン・ケラー、アルバニアの極貧家庭に生まれたマザー・テレサ、学校を劣等生で中退したエジソン……偉人たちの伝記を思い出すと、まさに右の真実を裏付けるような、マイナスをプラスに転じていく生き方の見本に満ち満ちている。不足こそ

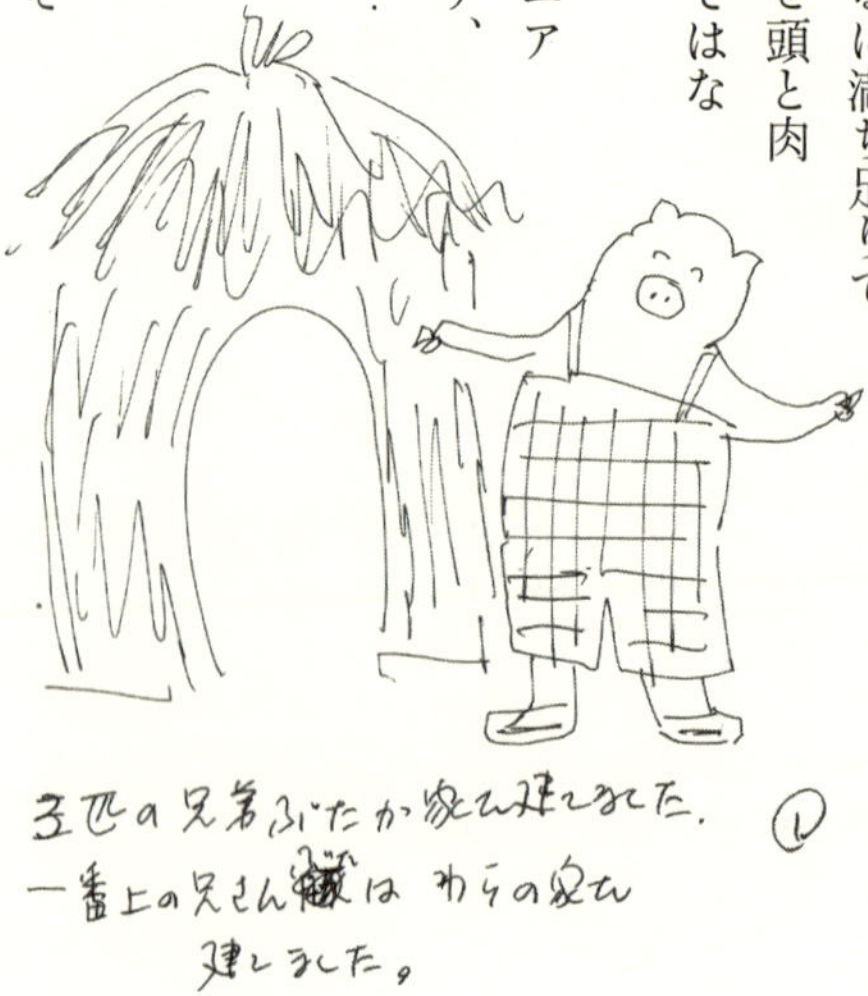

3匹の兄弟ぶたが家を建てました。
①
一番上の兄さんぶたは わらの家を
建てました。

が、それを満たそうとする活力の源になっているのではないか、と思えてくる。もっとも、この真理については、偉い学者が云々するよりもとうの昔に世間はお見通しなのだ。その証拠に、民衆の知恵の結実ともいうべき諺《ことわざ》は、

「必要は発明の母である」

と戒めている。

ただし、一八世紀のフランスの哲学者にして教育学者のルソーは反語法を用いて、これをもっと印象的に表現してくれた。

「子どもをスポイルするのは簡単だ。彼が欲しがる玩具を全部買い与えてやるがいい」

と。何だか、モノに溢《あふ》れる二一世紀初頭の日本に住むわたしたちのことを言い当てているようだ。

「文化はますます強力に四方八方から子どもに浸透しようとしている。しかし、文化的な営みは、どんどん子どもから遠ざかっていくばかりである……パンは金で買うようになり、靴の修理は靴屋がしてくれ、病気を治すためには医者が

いる。それに、どの工房にも貼り紙がしてある。『部外者の立ち入り禁止』と。たしかに、子どもたちが工房にやって来ても複雑でやっかいな工程を理解できるはずもなく、ただただ危なっかしくて、そこで働く人々の邪魔になるだけだ。というわけで、残るのは家事ということになる。しかし、家事仕事そのものも年々軽減されていく傾向にある……」

右の文章は、F・ハンスベルグというドイツの教育学者が記したものである。ハンスベルグが活躍したのは、蒸気機関車が普及し始め、最初の自動車があらわれた頃、すなわち一九世紀末から二〇世紀初頭にかけてのこと。すでに一〇〇年以上も前に、心ある大人たちは、子どもたちが大人たちの仕事から遠ざけられることによって、換言すれば、社会と経済の実際のプロセスが子どもたちから隠されてしまうことによって、子どもたちに生じるだろうマイナスの変化について本気で憂えていたようである。

子どもたちが人生の知恵（これを「文化」という）を最も良く学ぶことができるのは、隔離された教室内での理論学習からではなく、大人たちとの共同の労働を通してであることは、多くの教育学者が指摘してきたことだが、それは、仔猫を観ていても分かる。

親から早期に引き離されケージに閉じこめられ、お腹が空くとエサを与えられて育った仔猫は、たとえ大人の猫たちが巧みにネズミをつかまえる様を何度も見る機会に恵まれていたとしても、決して自力で捕まえる術を習得することはできない。

それを身につけるには、最低でも毛玉を追いかける経験が必要だし、大人の猫と一緒にネズミを追いかけた経験があれば、なお良い。

こうして、猫の文化は、親世代から子世代

へと受け継がれていく。

　欲望とその実現までのプロセスこそが文化なのだ。ところが、この欲望とその実現のあいだの距離が、ハンスベルグが嘆いた一〇〇年前よりもさらに短くなっている。いや、限りなくゼロに近付いている。

　本当は手間ひまかけて作ることが喜びでもあったはずなのに、それがどんどん省かれて、商品化されている。お茶は缶やペットボトルだし、魚は骨を抜いた切り身で売っている。わたしたちの能動的な力が奪われるだけではない。お茶のいれ方、

魚のさばき方など、日本人が代々受け継いできた文化が失われていくのである。

というわけで、欲望とその実現のあいだの距離を思いっ切り離れさせたいところだが、個人の力ではいかんともしがたい。ましてや、国全体がそうなるのは、ほとんど無理だろう。

だから、まず何はさておき、モデル・コミュニティー空間を創ってはどうだろう。コンビニも自動販売機もない、商品経済が未発達な、テレビもインターネット通信も限られた空間だ。ただし、本だけはむやみやたらに豊富な図書館があることにする。

大都市に人口が過度に集中する一方で、過疎の村や島が増えている。国と自治体が組んで、そこに移住を希望する人たちに、有償で土地を分け与える（無償だと有り難みが薄まるので）。商品に頼らずに生活する知恵は、農業、林業、漁業のベテランたちを配して伝授する。

都市生活者は一週間とか一カ月とか三カ月とか半年とか、ちょうど別荘で暮らすように、都会とは全く異なる生活を送ることができる。大人たちには素晴らしいリフレッシュとなることだろうし、子どもたちの心身に大きな刺激を与えることになるだろう。
　食料の大半を外国からの輸入に頼る日本は、地球の気候変動と急速に発展するアジア諸国の経済絡みで、いつ食糧危機に陥らないとも限らない。多数の国民が自然の中で暮らす知恵を持つことは、そんな場合の良き保険にもなるかもしれない。

「発明マニア」（サンデー毎日）
二〇〇五年五月八、十五日

空気のような母なる言葉

［注釈］

このエッセイは『不実な美女か貞淑な醜女《ブス》か』の「第五章　コミュニケーションという名の神に仕えて」から抜粋しました。冒頭の一文は前節にあたる「日本語が決め手」から引用し、追記させていただきました。

日本語が下手な人は、外国語を身につけられるけれども、その日本語の下手さ加減よりもさらに下手にしか身につかない。この言われてみれば当然の真実を気づかせてくれたのも、師匠の徳永晴美氏だった。

「N・YさんとかM・KさんとかR・Aさんとかを見てごらん」

と師匠は、ロシア人と日本人のハーフである人たちの名をあげた。二つの言葉を父親の言葉として、あるいは母親の言葉として小さいときから母乳とともに吸い込んできたはずの人たち。日本人のロシア語学習者、とりわけ通訳を目指すような人にとっては、よだれが出るような、一見羨ましい言語学習環境に育った人たちだ。しかし、実際には、日本語も、ロシア語も、そしていかなる他の言語もまともに身についてはいない。もちろん日常生活に事欠くほどではないが、しかし、少し複雑な抽象的な話になると、お手上げなのである。

すでに二十年以上も前に、外山滋比古氏は、幼児期にいくつもの言語を詰め込むことの危険性に警鐘を鳴らしている。

幼児にはまず三つ児の魂（個性的基本）をつくるのが最重要である。これはなるべく私的な言語がよい。標準語より方言がよい。方言より母親の愛語がよい。ここで外国語が混入するのは最もまずいことと思われる……（中略）

方言、標準語、外国語が三つ巴になって幼児の頭を混乱させるからである。……（中略）

家族づれで外国生活をしてきた家庭の子供にしばしば思考力の不安定なものが見受けられるのは、幼児の外国語教育がもし徹底して行われると、どういうことになるかというひとつの警告とうけとるべきであろう。

（外山滋比古著『日本語の論理』中央公論社）

しかし、この警告をまじめに取り合う人は、ことのほか少なく、数年前のこと、耳を疑うような発言をした女性人気アナウンサーがいた。自分の勤め先のテレビ局の社長と結婚をすることになり、たしかその発表記者会見の席上か、あるいは結婚後の取材に応じてだったか、

「私たちは子供を国際人にしたいから、家では一切日本語をしゃべらないことにします。家ではすべて英語で話すようにする」

と自信満々に言い切ったのだった。

まあ子供の教育というのは、それぞれの家庭の「内政」問題であるからして、とやかくいうものではないかもしれない。ところが信じられないことに、その時のマスコミの報道の仕方が「さすが国際派才媛キャスター」とかなんとかやたら持ち上げるのである。そしてそういう事情は今もあまり変わっていない。

だがちょっと待て。「国際」という言葉、日本語でも国と国の間という意味。「国際」を意味するインターナショナルという英語だって、メジュドナロードヌイイというロシア語だって、インター、メジュドは「間（あいだ）」を、ナ

ショナルやナロードヌイイは民族あるいは国を意味する。自分の国を持たないで、自分の言語を持たないで、国際などあり得るのか。

そもそも日本語が出来るからこそ英語は付加価値になり得るのであって、英語だけしか出来ない人なら、アメリカにもイギリスにもオーストラリアにも、ちょうど日本に日本語しか出来ない人がウヨウヨいるように、掃いて捨てるほどいる。さらには、どんなに英語が上手くとも、自国を知らず、自国語を知らない人間は、それこそ国際的に見て、軽蔑の対象であって、尊敬の対象にはなり得ない。

くだんのアナウンサーほど有名人ではないが、同じ目論見で日本に住みながら子供を英語のみで授業をするインターナショナル・スクールに入れ、家庭内でのコミュニケーションも英語に限定している人たちが私の周囲にも後を絶たない。そして決まって、子供たちが成人する頃になって、重大な過ちを犯していたことに気づくのは、自国の文化的アイデンティティ、外山滋比古氏のいう「個性的基本」を形成し得なかった若い魂が、どれほど不安定で不幸な自我意識に苛《さいな》まれるかを目の当たりにしてからなのである。

もちろん、ハーフの人たちや帰国子女のなかにも日本語と外国語の両方を縦横無尽に操る超一級の会議通訳者がいる。個人的な資質もさることながら、その人たちの言語習得史を尋ねてみると、一つの共通点が浮かび上がる。一定の年齢（八〜十歳ぐらい）に達するまでは、日本に生活拠点がある場合には、徹底的に日本語のみで意思疎通をはかる生活をしてきたというのだ。

これは、外国語学習にあたって、おおいに参考にすべき点だ。まず何はさておき母国語の能力を高めていくことは、外国語が上手く身につく可能性を開くことでもあるのだから。

これを意識的にやっていくこと。そのためには、一度母国語を外国語として突き放してみる必要がある。言うのは簡単だが、非常に難しい。

母語は私たちにとって、いわば「空気のような」存在だからだ。地球上の生命体はみな等しく空気を吸って酸素を摂取して二酸化炭素を吐き出すか、二酸化炭素を摂取して酸素を吐き出すかして、生命を維持している。空気がなくなった途端に人類も動植物も絶滅する。ところが日常的にそのことを意識しているのは、有人宇宙飛行や潜水に関わる業務に従事している人ぐらいではなかろうか。

「ただほど高いものはない」とはいうものの、とりたてて努力しないで自然に手に入れたものを、ふつう人間はあまり有り難がらない。大事にしない。

お妾さんが、旦那をつなぎ止める最良の手段は、なるべくたくさん貢がせることだという。元を取ろうと、なかなか離れられなくなるらしい。

また、トルストイは、『戦争と平和』の中で、

「おおよそ面倒を見た側のほうが、面倒をかけた側より相手のことをいつまでも覚えているものだ」

といっている。

要するに、人間にとって、何はともあれ最大の関心事は自分で、自分の時間、自分のエネルギーや努力、自分の資金を注いだ対象ほど、愛着を覚えるものらしい。母国語についてもまったく同じことがいえる。

そして、日本のごく普通の一般的な学校教育に占める日本語の位置は、そのいずれの面でも、恵まれている状況とはほど遠い。

小学校三年から中学二年に相当する時期を両親の仕事の都合でチェコスロバキアの首都プラハで過ごした私は、ソ連大使館付属の、すべての授業を本国のカリキュラムに基づきロシア語で教える八年制普通学校に通った。

それまで日本の区立の小学校に通っていた私は、彼らにとっての母語に当たるロシア語の授業と、日本の学校での「国語」の教え方とのあまりの違いに驚いた。

まず、アルファベットを習い覚えた入学半年目で、ロシア語の授業は文学と文法にハッキリ分けられ、三年までは、一週間二十四コマのうち半分を占める。四年五年で三十コマ中十〜十二、すなわち三分の一以上、六年以降は四分の一以上を占める配分になっている。

文学の授業の特徴は、次の四点を特徴とする。

その一。子供用にダイジェストされたり、リライトされていない文豪たちの実作品の多読。学校付属図書館の司書が、学童が借りた本を返す都度、読み終えた本の感想ではなく、内容を尋ねる。本を読んでない人にも、その内容を分かりやすく伝える訓練を、こうして行う。そのうえで、もちろん感想も聞かれる。

その二。古典的名作と評価されている詩作品や散文エッセーの主なものの暗唱。低学年では、週二篇ほどの割合で大量の詩作品を暗記させられていく。

その三。小学校三年までは日本で過ごした私の経験では、国語の時間、

「では、何々君読んでください」

と先生に言われて、間違いなく読めたら、それでおしまい、座ってよろしいだったのが、ソ連式授業では、まずきれいに読みおえたら、その今読んだ内容をかいつまんで話せと要求される。一段落か二段落読ませられると、その都度、要旨を述べない限り座らせてもらえない。

非の打ちどころなく朗々と声を出して読みながらまったく内容が頭に入ってこないということは、往々にしてあるもの。ところが、この方式の訓練を受け

MARI
23

ると、自分の読む速度と理解する速度がシンクロナイズされる。かつ、自分でかいつまんで他人に伝えねばならないから、読み方が立体的、積極的になるという効用がある。ただ受け身で平坦なものが羅列的に頭の中に入ってくるのではなくて、自分の主観を一切まじえないでテキストの内容を立体的に把握しようとする習性が身につく。

その四。作文の授業は、主題を決めると、そのテーマに関する名作を数篇まず教師が読んで聞かせる。例えば「友人について」という題で作文を書く場合は、ツルゲーニェフの『アーシャ（二葉亭四迷は本邦初の翻訳を「片恋」と銘打った）』のアーシャや、トルストイの『戦争と平和』のナターシャ・ロストーワという女主人公の描写の場面の抜き書きを読ませたうえで、そのコンテを書かせる。

一　語り手が初めて出会ったときの様子の描写。第一印象。
二　顔、口、目の動きなど容貌の描写。
三　立ち居振る舞い、癖、声などの描写。

四　どんな場面でどんなことをしゃべり、どんな反応をするか、いくつかの例。
五　以上から推察される性格。
六　他の人々との関係。
七　自分との交流。
八　ある事件を通しての成長、新しい発見。

という、テキストの構造図のようなものを書かせるのである。

そのうえで、今度は自分がしたためようと思っている、友人に関する作文のコンテを書かされる。このコンテに基づいて、文章を綴るのである。

実は、ロシア語の授業に限らず、歴史も地理も数学も生物も物理も化学も〇×式のテストは一切なく、すべて、口頭試問か、小論文形式の知識の試し方であったから、プレゼンテーション能力を要求するものであり、結局ロシア語による表現力を鍛えるものであった。

文法の授業は、母語をもう徹底的に客観的に分析しよう、その構造を冷ややかに突き放して明らかにしようというもの。ロシア人にとっても、母語はやはり空気のような存在であったのが、ここで外国語のように意識的な認識の対象にされる。

面白いのは、例えば、主語とは何か、述語とは何か、についてあらかじめ出来合いの定義を丸暗記させるのではなく、生徒たち自身に考えさせ概念規定させていくプロセスに時間と教師の根気を惜しみなく注ぐところである。

中学二年の三学期に日本に帰国し、近所の区立中学校に編入した私は、高校受験用として覚えさせられる文学史に載るような作品を、ほとんど同級生の誰もが読んでもいないことにショックを受け、作文の際、点（、）の打ち方について教師に尋ねて、納得のできる答を得られず驚き呆れ、国語のテストで、「右の文章を読んで得た感想を、左のア〜オのなかから選べ」

と求められたのにぶったまげた。

この自国語と自国文学に対する、不当なほどにぞんざいな扱いに義憤さえ感じた。その頃フランスやスペイン語圏からの帰国子女の人たちと交わる機会があり、この点では大いに意気投合したものだ。

皮肉なことに、というよりも思えば当然のことながら、日本語と日本文化に、より強い愛着を感じ、一方で日本語をより客観的に突き放して見ることにかけては、帰国子女のほうに軍配が上がるような気がする。

ヨーロッパのように、国境、あるいは言語の境界線を越えると別の言語が行われているようなところでは、母語の意識が強く人々の頭の中にあることになる。……（中略）

日本人は永い間、概念的に他言語の存在は知ってはいたが、方言を除いて、そのような言語を一生聞くこともなく終わった人が大部分であったので、……（中略）

日本語を母語として、それが有力なアイデンティティのからむ問題であることに気づかず、非常に呑気である。

（野元菊雄「日本人の母語意識」、『日本語百科大事典』所収 大修館書店）

要するに、外国語に接することによって、われわれは初めて母語を意識下にとらえ、突き放して見るようになる。日本語を世界に三千ある言語のうちの一つにすぎないものとして見つめ直す。

もっとも「外国語を知って、人は初めて母国語を知る」という真理は、とうの昔にゲーテが言い当てていたが。

その点から考えても、ある程度基礎を固めた母国語を豊かにし、磨きをかける最良の手段は、外国語学習なのではないだろうか。例えば通訳や翻訳という作業を通して、両方の言語間を往復する。外国語でこの概念がよく分からない。文脈から推し量ったり、あるいはチンプンカンプンで辞書を引く。対応する日本語が出てくる。結果的に日本語の語彙も外国語の語彙も増える。日本語を外国語にするときも、これは何だろうと懸命に考える。日本人はこれをどういう意味で遣っているのだろうと国語辞典や百科事典に当たり、それを移し換えるために外国語の辞典を引く。こうして語彙や文型の蓄えが、往復運動の強制力によって飛躍的に拡大していく。また両言語の恒常的な比較によって、双方の構造やその背後にある独特の発想法がよりしっかりと把握されていく。
結局、外国語を学ぶということは母国語を豊かにすることであり、母国語を学ぶということは外国語を豊かにすることなのである。

『不実な美女か貞淑な醜女《ブス》か』一九九四年九月

MARI
24

逆引き図像解説

MARI 1

記者会見場で　16頁

「通訳は目立ってはいけない」と常に自身を戒めながら、ひときわ華やかで、ドラマチックな通訳だった。

MARI 2

通訳として同行した旧ソ連で　18頁

一九八五年にゴルバチョフがペレストロイカを打ち出して以降、仕事が急増。「過労死するほど働いた」時代。

MARI 3

通訳時に参照した手元資料　22頁

ゴルバチョフ元ソ連大統領が、八六年の米ソ首脳レイキャビク会談の意義について語っている資料。

MARI 4

同時通訳ブースで　24頁

四十代。話すスピードが遅い万里は、大胆に要点を伝えることで、逆にわかりやすいという評価を得た。

MARI 5

プラハ時代に読んだ『スパルタカス』　30頁

ローマの奴隷剣闘士が反乱をおこす歴史小説。カーク・ダグラス主演の映画よりも断然好きだった。

MARI 6

学芸会でキモノ姿に　33頁

万里十四歳。数十カ国の子どもが学ぶプラハのソビエト学校の学芸会にて。日本の着物を披露した。

MARI 7

父・昶(いたる)と　34頁

大きな体をした父が大好きで、周囲に「うちのおとうちゃん、すっごくふとってるんだ」と自慢していた。

MARI 8

ボルチーニ茸を採った記念に　38頁

十二歳のころ、プラハのソビエト学校の夏のキャンプに参加。キノコ採りや魚釣りを楽しんだときの写真。

MARI 9

自邸の手描き平面図　41頁

高校時代から空想の間取り図を描くのが趣味で、鎌倉に自邸を建てる際も、自らペンをとって図面を引いた。

MARI 10

バレリーナ気分の少女時代　43頁

小学2年のとき、来日したボリショイバレエ団を観て以来、バレリーナになりきって踊ってばかりいた。

MARI 11

フィンランドのハンドメイド人形たち　44頁

森の精のような風貌の人形。特にフワフワの触り心地がお気に入りで、出張先で見つけては蒐集した。

MARI 12

妹ユリと　49頁

帰国する直前。プラハでくらしたアパートの一階にあった仕立て屋で記念に作ったチェックのコートを着て。

MARI 13
シベリアの奥地オイミャコン 52頁
八四年、TBSテレビ「シベリア大紀行」に通訳として参加。その極寒体験は『マイナス50℃の世界』で出版。

MARI 14
パスポート 60頁
通訳家業に旅はつきもの。期限一〇年のパスポートは、たった二年の間に出入国印でびっしり埋まった。

MARI 15
絵画『プラハにて』 68頁
二〇〇一年刊行の『嘘つきアーニャの真っ赤な真実』の表紙を飾った東欧の風景画。（絵・後藤栖子）

MARI 16
イースターエッグ 76頁
自宅に飾ったエッグ。ロシアではクリスマスより復活祭に重きをおき、生命を象徴する卵に絵を描いて祝う。

MARI 17
通訳ガイド時代に旅先で 85頁
大学時代に「民族舞踊研究会」を立ち上げたほど踊ることが好きで、職業欄に「踊り子」と書いたことも。

MARI 18
ヨネハラ式日記帳 92頁
毎日のレシートやFAXや手紙を、一日につき一頁ごとにまとめて、ファイリングしていた。

MARI 19
視力回復ツアーの通訳 110頁
八〇年代、旧ソ連で始まっていた近視矯正手術ツアー。通訳として随行し、治療の現場にも立ち会った。

MARI 20
親友が描いていたトラベルノート 112頁
八九年にプラハやブダペストを旅行中、同行した親友で日本画家の後藤栖子が描いたスケッチ。

MARI 21
TBS宇宙プロジェクトで訪ソ中 122頁
九〇年、秋山豊寛が日本人として初めて宇宙へ飛び立ったこのプロジェクトに、通訳として関わった。

MARI 22
馬込の書斎 136頁
辞典、書籍、ファイルで書棚は満杯。後年に建てた鎌倉の自宅の書斎もコの字型に机をレイアウトした。

MARI 23
ミラノの街角で 145頁
九二年にイタリアを旅したときの一枚。プライベートでもときおり親しい友人と海外へ出かけた。

MARI 24
ビデオカメラを撮影中 152頁
イタリア・ベニスを訪ねたときの写真。ふだんあまり使わないビデオカメラを楽しそうに覗きこんでいる。

この人

米原万里《よねはらまり》

ロシア語通訳、エッセイスト、作家（一九五〇〜二〇〇六）

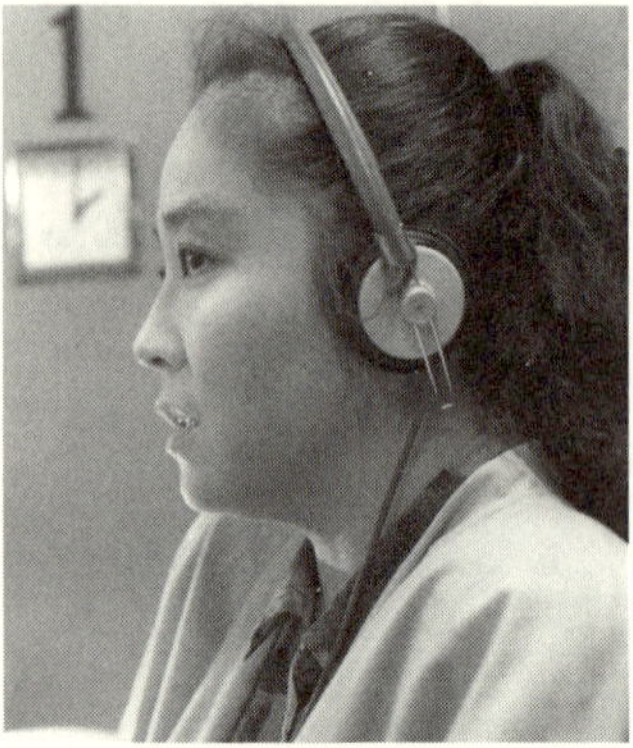

東京に生まれる。九歳のとき、家族でプラハへ移住。一九五九〜六四年の5年間、在プラハ・ソビエト学校で学ぶ。七五年、東京外国語大学ロシア語科卒業、七八年、東京大学大学院修士課程修了。その後、ロシア語通訳の仕事を開始。国際会議での同時通訳の経験は数知れず。エリツィンやゴルバチョフに信頼されるほど優秀な通訳として活躍したのち、文筆業に専念する。『嘘つきアーニャの真っ赤な真実』などのエッセイや小説『オリガ・モリソヴナの反語法』で数多くの賞を受賞。

あの人

井上ひさし・田丸公美子・佐藤優

大作家が義弟に

通訳仲間で心の友

ロシアの盟友

『ロシア語版　父と暮せば』
井上ひさし著　米原万里訳（こまつ座）
井上ひさしは妹ユリの夫で、お互いに作品を読みあう間柄。井上の代表作『父と暮せば』のモスクワ公演には翻訳者兼通訳として同行した。

『パーネ・アモーレ　イタリア語通訳奮闘記』
田丸公美子著（文春文庫）
イタリア語通訳・田丸公美子は、同じ東京外大出身で、駄洒落と下ネタ好きで意気投合。丁々発止の最強コンビだった親友の処女エッセイ集。

『偉くない「私」が一番自由』
米原万里著　佐藤優編（文春文庫）
在ロシア日本大使館に17年勤務した佐藤優。激動のロシアで親交を結んだ盟友が、没後10年を偲んで米原万里作品からよりぬいた傑作選。

●本書に収録した作品は以下を底本としました。
「ちいさいおうち」――『真昼の星空』(二〇〇五年　中公文庫)
「シベリアの鮨」「ドラキュラの好物」――『旅行者の朝食』(二〇〇四年　文春文庫)
「ガセネッタ・ダジャーレとシモネッタ・ドッジ」――『ガセネッタ&シモネッタ』(二〇〇三年　文春文庫)
「雨にも負けず日照りにも負けず」「日本がかかえるいくつかの問題を一挙に解決する案」――『発明マニア』(二〇一〇年　文春文庫)
「美味という名の偏見」――『魔女の1ダース』(二〇〇〇年　新潮文庫)
「空気のような母なる言葉」――『不実な美女か貞淑な醜女か』(一九九七年　新潮文庫)
●表記はそれぞれの底本に準じました。明らかな誤植は訂正しました。

●「くらしの形見」収録品
所蔵=〔1~3、6~8〕NPO法人遅筆堂文庫プロジェクト(山形県・川西町フレンドリープラザ内)/〔4〕井上ユリ個人蔵
●本文図版クレジット
〔1、2、6~8、10、12、17、19、21~24〕提供=井上ユリ　〔3、5、9、11、14、16、18〕提供=NPO法人遅筆堂文庫プロジェクト　〔4〕提供=須田慎太郎　〔13〕提供=山本皓一　〔15、20〕提供=後藤志保
●「雨にも負けず日照りにも負けず」「日本がかかえるいくつかの問題を一挙に解決する案」のイラストは新井八代(米原万里)

MUJI BOOKS 人と物 6

米原万里《よねはらまり》

2017年12月1日　初版第1刷発行

著者　米原万里

発行　株式会社良品計画

〒170-8424
東京都豊島区東池袋4-26-3
電話 0120-14-6404（お客様室）

企画・構成　株式会社良品計画、株式会社EDITHON

編集・デザイン　櫛田理、広本旅人、いのうえりえ、佐伯亮介

協力　井上ユリ、NPO法人遅筆堂文庫プロジェクト

印刷製本　シナノ印刷株式会社

ISBN978-4-909098-05-4　C0195

価格は裏表紙に表示してあります。
乱丁・落丁本は、小社お客様室あてにお送りください。
送料小社負担でお取り替えいたします。

MUJI BOOKS

ずっといい言葉と。

少しの言葉で、モノ本来のすがたを
伝えてきた無印良品は、生まれたときから
「素」となる言葉を大事にしてきました。

人類最古のメディアである書物は、
くらしの発見やヒントを記録した
「素の言葉」の宝庫です。

古今東西から長く読み継がれてきた本をあつめて、
MUJI BOOKSでは「ずっといい言葉」とともに
本のあるくらしを提案します。